Le Livre de Poche Jeunesse

Partis sans laisser d'adresse

Susin Nielsen

Susin Nielsen est née en 1964 au Canada. Elle a débuté comme scénariste à la télévision avant de devenir également autrice de romans pour adolescents. Ses livres ont été traduits dans plusieurs langues et ont reçu de nombreux prix. Elle vit aujourd'hui à Vancouver.

De la même autrice

- Dear George Clooney, tu veux pas épouser ma mère ?
- Les optimistes meurent en premier

SUSIN NIELSEN

Partis sans laisser d'adresse

Traduit de l'anglais (Canada)
par Valérie Le Plouhinec

J'avais dédié mon premier roman à Eleanor Nielsen, et c'est encore à elle que je dédie celui-ci, mon sixième. Les deux mettent en scène des mères célibataires avec un enfant unique – comme ma mère et moi. Mais la ressemblance s'arrête là. Maman, que tu l'aies ressenti toi-même ou non, tu m'as toujours donné la sensation que la terre était ferme sous mes pieds. Et c'est encore vrai maintenant.

(J'ai fait ce dessin à six ans, époque où j'écrivais encore mon prénom correctement.)

Illustration de couverture : Amélie Fontaine

Cet ouvrage a paru initialement chez Tundra Books, Canada, sous le titre :
No Fixed Address.

27 NOVEMBRE, MIDI CINQ

Ma jambe tressautait nerveusement. J'ai déplacé mon poids d'une fesse sur l'autre. J'avais les mains moites et le cœur battant.

« C'est mon premier interrogatoire, ai-je dit.

— Ce n'est pas un interrogatoire, Félix. Juste une petite conversation.

— Vous allez l'enregistrer ?

— Où vas-tu chercher une telle idée ?

— À la télé, c'est ce qu'ils font.

— On n'est pas à la télé. »

Le froid de la chaise métallique traversait mon bas de pyjama. « Est-ce que les policiers regardent des séries policières ?

— Bien sûr.

— Mais ça ne vous donne pas l'impression de rapporter du travail à la maison ? »

La brigadière Lee a souri. Elle avait les dents très droites. Mon Pouvoir d'Observation Précis et Organisé, ou POPO, m'indiquait qu'elle était issue d'un milieu relativement aisé, où on avait les moyens de s'offrir un orthodontiste. Mon POPO me disait aussi qu'elle avait un solide appétit : les boutons de son uniforme étaient tendus à craquer.

« Non, pas vraiment, m'a-t-elle répondu. C'est distrayant pour nous aussi. Et on ne se gêne pas pour râler devant la télé quand les flics font quelque chose de complètement irréaliste.

— Quel genre de choses ?

— Enregistrer les conversations comme celle-ci, par exemple. On ne le fait que quand la personne est accusée, ou au moins soupçonnée, d'avoir commis un crime.

— Et Astrid ? Vous l'enregistrez, en ce moment ?

— Là, je ne peux pas te répondre. »

Oh, non ! Je ne pleure presque jamais, mais tout à coup j'ai eu peur de fondre en larmes, sous les yeux de la brigadière. Je crois qu'elle l'a vu, car elle a ajouté : « Mais j'en doute fort. »

J'ai inspiré. Puis expiré. Je me suis redressé. Je tâchais de garder l'air calme et digne, même si je savais que mes boucles blondes étaient ébouriffées dans tous les sens parce que j'étais déjà au lit lorsque les choses avaient commencé à mal tourner. En plus, je portais mon très vieux pyjama Minions, qui était trop petit et faisait bébé. La brigadière Lee et son coéquipier ne nous avaient pas laissé le temps de nous changer.

« Je veux contacter mon avocat, ai-je annoncé.

— Laisse-moi deviner… ça aussi, tu l'as vu à la télé.

— Oui.

— As-tu un avocat, au moins ?

— Non, mais légalement j'y ai droit, non ?

— Sauf que tu n'en as pas besoin. Tu n'as rien fait de mal.

— Donc je pourrais partir tout de suite ?

— Sans doute. Mais pour aller où ? »

J'ai pensé à Dylan. Et à Winnie. Puis cela m'est revenu : je leur avais dit que je ne voulais plus jamais leur parler. « Quand auront-ils terminé avec Astrid ?

— Ils ne devraient plus en avoir pour longtemps. » Elle m'a observé fixement, en faisant cliqueter son stylo. « Sans vouloir être indiscrète, pourquoi est-ce que tu ne l'appelles pas maman ?

— Elle trouve ça trop hiérarchique. » Pour la centième fois, j'ai promené mon regard dans la vaste salle occupée par quelques bureaux et une poignée de gens. Et pour la centième fois, je n'y ai pas vu Astrid.

Ça va s'arranger, lui ai-je dit par télépathie, parce qu'elle m'assure toujours que si je lui envoie des pensées elle les recevra. Je n'y crois plus, mais au vu des circonstances j'ai jugé que ça ne coûtait rien d'essayer. « Pour info, Astrid est un parent formidable.

— C'est bon à savoir, m'a répondu la brigadière Lee en pianotant sur son clavier. Je vais te poser quelques questions, d'accord ?

— D'accord.
— Commençons par ton nom complet.
— Félix Fredrik Knutsson. »
Elle l'a tapé dans son ordi. « Âge ?
— Treize ans. Enfin presque. Douze trois quarts.
— Nom de ta mère ?
— Astrid Anna Knutsson.
— Adresse ? »

J'ai regardé mes pieds. Je portais des bottes en caoutchouc, sans chaussettes, car je n'avais pas eu le temps d'en chercher une paire. La brigadière Lee s'est penchée vers moi. Ses épaules étaient voûtées ; elle n'avait pas appris à se tenir droite. « Quand nous avons répondu à ton appel de ce soir, Félix, il nous a semblé que vous viviez sur place, tous les deux. »

Oh, comme ma mère me manquait ! Elle, au moins, aurait trouvé une explication plausible. Mais moi, je n'ai pas son talent. Ça ne me vient pas naturellement, de déformer la vérité.

Je suis donc resté les yeux rivés au sol.

La brigadière Lee s'est remise à taper alors que je n'avais pas dit un mot. « Félix, m'a-t-elle dit avec douceur, tu peux me parler…
— J'ai faim.
— Bien sûr. J'aurais dû te poser la question. » Elle s'est hissée sur ses pieds et a remonté son pantalon sur son ventre. « Ça va être des snacks du distributeur, j'espère que ça te va. Pas d'allergies ? Une préférence ?
— Pas d'allergies, pas de préférence. Cela dit, j'aime bien tout ce qui est au fromage. »

Elle a traversé la grande salle. J'en ai profité pour regarder aux alentours. Il y avait deux ou trois policiers à leur bureau. L'un d'eux était plongé dans un magazine, un autre somnolait.

J'ai fait pivoter l'écran de l'ordi vers moi. Il affichait un rapport d'aspect très officiel.

Nom : Félix Fredrik Knutsson.

Âge : 12 ans.

Parent/tuteur légal : Astrid Anna Knutsson.

Adresse : SDF.

Je suis généralement assez fort pour deviner le sens des acronymes, mais celui-là, de toute manière, je le connaissais.

Sans domicile fixe.

J'ai eu un frisson d'appréhension. Astrid m'avait répété et rabâché que personne ne devait savoir où nous habitions. Jusqu'à ce soir, je n'avais enfreint cette règle qu'une fois.

Nous étions grillés. J'ai tâché de me persuader que ce n'était pas ma faute. Je n'avais pas eu le choix, il avait bien fallu que j'appelle la police. Sinon, qui sait ce qui nous serait arrivé ?

Mais quand même. Les méchants s'étaient enfuis. Et qui se retrouvait au poste ? Nous. Les victimes innocentes.

Deux sachets de chips goût fromage ont atterri devant moi sur le bureau, avec une canette de Coca.

« On est curieux comme un pot de chambre, à ce que je vois ! a dit la brigadière Lee en retournant son écran vers elle.

— Les gens ne savent pas toujours d'où vient cette expression. C'est qu'autrefois la coutume voulait qu'on peigne un œil dans le fond des pots de chambre. Pourquoi peindre un œil à cet endroit, ça, par contre, les explications varient… »

Je savais que je jacassais, mais c'était plus fort que moi.

« Tu es une fontaine de savoir, dis donc.

— Ma mère dit que j'emmagasine les infos comme un écureuil les noisettes. »

La brigadière a ouvert un sachet de chips et s'en est fourré une dans la bouche. « Bien. Il faut me croire quand je te dis que je suis là pour t'aider. »

J'avais envie de la croire. Mais je songeais sans cesse à ma mère, qui faisait « meuuuh ! » chaque fois que nous croisions un véhicule de police, et qui aimait dire « Mort aux vaches. »

« Quelles vaches ? lui avais-je demandé un jour, quand j'étais petit.

— Les flics. C'est comme ça qu'on les appelle. C'est une expression. »

Et donc, je me suis contenté de répondre : « Merci, mais on n'a pas besoin d'aide.

— Tu es sûr ?

— Certain. On va s'en aller très bientôt.

— Ah bon ? Où ça ?

— Je ne sais pas encore. Mais j'attends une rentrée d'argent. La seule question, c'est combien.

— Un héritage ?

— Non.

— Tu comptes vendre des objets de valeur ?
— Non.
— Dévaliser une banque ?
— Très drôle. Non.
— Alors d'où viendra-t-il, cet argent ?
— D'un jeu télévisé.
— Ah, alors là, tu m'intrigues. Raconte.
— Quoi, le jeu ? »

La brigadière Lee a posé les pieds sur son bureau. « Tout. »

Je l'ai observée avec attention. Mon POPO me soufflait qu'elle avait bon cœur. Peut-être que si elle connaissait toute l'histoire elle comprendrait que nous n'avions rien fait de mal. J'ai donc englouti une poignée de chips. Puis je lui ai dit la vérité, rien que la vérité, toute la vérité.

Une brève histoire de nos chez-nous

Nous n'avons pas toujours vécu dans un camping-car. Ça, c'est seulement depuis quatre mois. À l'époque PCV (pré-Combi Volkswagen), nous occupions un sous-sol de trente-sept mètres carrés. Avant cela, un appartement de cinquante-six mètres carrés. Et avant cela, nous avons carrément été propriétaires d'un appart de soixante-quinze mètres carrés.

Et encore avant, nous habitions chez Mormor.

CHEZ MORMOR

Mormor signifie « maman de maman » en suédois. C'était ma grand-mère. Astrid et moi avons vécu avec elle, dans sa petite maison de New Westminster, jusqu'à mes six ou sept ans. C'était très encombré, plein de bibelots suédois ; elle devait bien avoir cinquante chevaux de Dalécarlie en bois, peints en bleu et rouge. Elle avait aussi une vaste collection de *tomtar*.

Les *tomtar* (pluriel de *tomte*) sont des gnomes malicieux du folklore suédois. Ils veillent sur nous et protègent la famille. Mais, si on leur manque de respect, ils peuvent aussi se montrer cruels. Ils jouent des tours, ou volent des affaires, et vont même jusqu'à tuer les animaux de la ferme.

Mormor m'a offert mon propre *tomte* pour mes cinq ans : elle l'avait fabriqué elle-même, en feutre. Haut de dix centimètres, il a une longue barbe blanche, un chapeau pointu rouge et une veste écarlate. « Ton protecteur », m'a-t-elle dit. Je l'ai appelé Mel.

Mormor me gardait pendant qu'Astrid travaillait. Ma mère avait deux jobs, à l'époque : elle donnait des cours de peinture le soir à Vancouver, à l'université Emily-Carr, et elle faisait aussi standardiste pour une compagnie d'assurances. « Quand j'aurai mis assez d'argent de côté, me disait-elle, on aura une maison à nous. » Elle n'aimait pas vivre chez Mormor.

Mais moi, si. Mormor m'emmenait au parc le matin, et l'après-midi je jouais à des jeux d'imagination : aux Pirates, à la Forteresse, au Vaisseau spatial, pendant qu'elle regardait ses talk-shows pour dames à la télé. Drew, Maury, Ellen, la Juge Judy, les femmes de *The View*... toutes ces animatrices étaient comme des amies pour nous. Et je la remercie encore de m'avoir fait connaître *Qui, Que, Quoi, Quand ?*, présenté par

Horatio Blass. C'était son émission préférée, et c'est devenu la mienne aussi.

Mormor était ce qu'on appelle une luthérienne, et elle me lisait des histoires de la Bible (mais c'était notre petit secret, car Astrid dit que les religions organisées sont à l'origine de tous les maux de la Terre. Elle a rompu avec l'Église il y a belle lurette). Nous faisions du *pepparkakor*, c'est-à-dire du pain d'épices suédois, et Mormor me laissait manger des boulettes de pâte crue. À l'heure de la sieste, je me pelotonnais sur ses genoux moelleux et je somnolais pendant qu'elle regardait la télévision.

Je venais d'avoir six ans quand je l'ai trouvée endormie en me réveillant d'une de ces siestes. Cela n'avait rien d'inhabituel : elle piquait souvent du nez l'après-midi. Je suis donc descendu jouer sans bruit par terre avec mon train en bois Brio, qui avait appartenu à ma mère et à son frère quand ils étaient petits. Au bout d'environ une heure, comme elle ne se réveillait toujours pas, je l'ai poussée tout doucement. Sa tête est retombée sur sa poitrine. Sa peau était grise, et fraîche au toucher. J'ai vu une tache sombre sous elle. C'était mouillé.

J'ai commencé à rire, ravi. « Mormor, tu as fait dans ta culotte ! » Jusqu'alors, j'étais le seul de la maisonnée à avoir ce genre d'accidents.

Elle ne m'a pas répondu.

« Mormor ? » Je savais que quelque chose ne tournait pas rond. Mais j'étais petit. Je n'étais pas encore en pleine possession de mon POPO.

J'ai téléphoné à ma mère. Elle a appelé les secours et est rentrée tout droit à la maison. Mais il n'y avait plus rien à faire.

Mormor m'a beaucoup manqué, et je sais qu'elle manquait aussi à ma mère. Pendant des mois, ensuite, j'ai dormi dans la chambre d'Astrid, et je prenais Mel avec moi tous les soirs pour qu'il veille sur nous pendant notre sommeil. Je préférais ne prendre aucun risque.

NOTRE BRÈVE EXPÉRIENCE DE PROPRIÉTAIRES

Mormor a tout laissé à maman. Ce n'était pas autant que ce qu'espérait Astrid, car ma grand-mère avait envoyé une partie de ses économies à un prince nigérian. Mais quand elle a vendu la maison, un an après la mort de Mormor, nous avons eu un apport suffisant pour acquérir un appartement flambant neuf à Kitsilano, un joli quartier dans l'ouest de Vancouver.

Mormor me manquait, mais j'adorais notre nouveau logement. Il était petit, mais il était à nous. Un arôme chimique de moquette neuve flottait encore dans l'air. Tout était rutilant. Astrid a accroché ses tableaux bariolés partout. Au dîner, elle me laissait manger tous mes plats préférés, par exemple des croque-monsieur avec des cornichons ou du poisson pané-petits pois.

Je suis entré en CE2 à l'école publique de Waterloo, et bientôt j'ai eu non seulement un ami, mais un ami inséparable. Dylan Brinkerhoff et moi passions tout notre temps ensemble, à jouer aux Lego et à lire des livres comme *Le Big Livre de l'incroyable* ou *Cradologie*. Nous avons même conçu et réalisé un journal, que nous avons intitulé *Uranus* (juste parce que « anus » nous faisait rire), et dans lequel nous écrivions des articles sur les ovnis et sur les poltergeists. Astrid a changé de boulot, elle était désormais standardiste dans une boîte de production de télé. Et l'université Emily-Carr, où elle enseignait toujours deux soirs par semaine, n'était pas loin en bus.

Mais un an et demi après notre emménagement, il s'est passé deux choses.

La première : Astrid a perdu ses deux emplois. Cette fois-là, elle n'y était pour rien. Son cours du soir a été annulé parce qu'il n'avait pas assez d'inscrits pour le semestre à venir, et la boîte de prod a fait faillite.

La deuxième : notre immeuble a commencé à s'enfoncer. Oui. À sombrer. Il était construit sur un ancien lit de rivière. Les copropriétaires allaient devoir se cotiser pour payer les travaux de stabilisation, qui coûtaient quarante mille dollars. *Par appartement*. Nous n'avions pas quarante mille dollars. Nous nous sommes encore accrochés un an, mais finalement Astrid a dû le vendre pour une bouchée de pain.

LE DEUX PIÈCES EN LOCATION

En réalité, c'était plutôt un studio avec débarras. Nous entendions nos voisins se disputer et la moquette avait une drôle d'odeur, mais dans l'ensemble ce n'était pas trop mal. C'était dans les quartiers Est, près de Commercial Drive, ce qui fait que j'ai dû changer d'école en milieu d'année. Je ne me suis pas fait de grands amis là-bas, mais au moins pas d'ennemis non plus.

Dylan me manquait beaucoup. Nous nous sommes un peu rendu visite au début, mais Astrid n'avait pas de voiture et j'étais trop petit pour prendre le bus tout seul. Du coup, c'étaient toujours les parents de Dylan qui devaient l'accompagner, et ils avaient deux autres enfants aux emplois du temps chargés. Au bout de quelques mois, nous nous sommes perdus de vue.

Astrid ne trouvant pas d'emploi de bureau ni de cours à donner, elle a pris son premier job de serveuse sur Commercial Drive. À cause de cela, j'ai passé bon nombre de soirées tout seul. Mais j'avais mon imagination et les livres de la bibliothèque, et aussi les émissions de télé que j'avais pris l'habitude de regarder avec Mormor, comme *Qui, Que, Quoi, Quand ?*

Un soir, Astrid est rentrée en avance. Elle était furax. « Non mais ! Un client a voulu me mettre la main aux fesses (elle soutenait mordicus qu'il était important de me parler comme à un égal), et c'est moi qui me fais punir ! Tout ça parce que je lui ai balancé un verre d'eau à la figure ! » C'est là que j'ai compris qu'elle était virée.

Nous avons pris du retard dans le paiement du loyer. Heureusement, Astrid a sympathisé avec Youri, le président du syndic, et il a été sympa avec nous.

Deux ou trois fois par semaine, elle me préparait mon dîner puis elle descendait passer quelques heures chez lui. Je suppose que c'était plus ou moins son petit copain, même s'il ne lui a jamais proposé un dîner en ville ou un ciné ni quoi que ce soit de ce genre.

Ensuite, Astrid a rencontré Abélard. Du coup, elle a cessé d'aller voir Youri chez lui. J'imagine que ça l'a vexé, car il a collé un avis d'expulsion sur notre porte.

LE STUDIO EN SOUS-SOL

Nous avons à nouveau déménagé, plus loin vers l'est, près de Boundary Road. Ce qui voulait dire une nouvelle école. Cette fois, ça a été plus dur. Les autres élèves se connaissaient depuis la maternelle. Ils n'avaient rien à faire d'un nouveau copain.

« D'où tu sors, toi ? On se demande quelles origines tu as, m'a dit un jour une grande pimbêche appelée Madison.

— Cinquante pour cent suédois, vingt-cinq pour cent haïtien, vingt-cinq pour cent français, ai-je répondu. Tu additionnes le tout, et ça donne cent pour cent canadien. »

Elle a pris un air pincé. « T'as l'air d'un clown. »

Ce n'était pas la première fois qu'on se moquait de mes cheveux. À une époque, quand j'étais petit, j'ai voulu que ma mère coupe tout, mais elle a refusé. Maintenant, je suis bien content qu'elle ne l'ait pas fait. Mes cheveux font partie de mon identité. Je suis comme Samson avant qu'il rencontre Dalila : ils sont mon superpouvoir. Et Astrid adore ma tignasse ; elle dit qu'elle lui rappelle deux de ses chanteurs préférés, K'naan et Art Garfunkel. Elle dit que c'est bien d'avoir un trait distinctif, et la plupart du temps je suis d'accord. J'ai donc supporté les imbéciles comme Madison jusqu'à la fin de la sixième. Mais je n'aimais pas cette école. Et je n'aimais pas non plus notre studio en sous-sol. Il sentait le moisi et il était sombre, même par grand beau temps.

En plus, Abélard était tout le temps là.

Astrid a réussi à décrocher un autre emploi de bureau, à la Compagnie des eaux. Mais ça n'a pas duré non plus. Elle m'a dit qu'il y avait des réductions de personnel, et que le dernier arrivé était aussi le premier à partir. Mais d'après quelques conversations que j'ai surprises, je crois qu'il n'y avait pas que ça ; je pense aussi qu'elle était insolente avec son chef. Elle disait toujours : « Je ne supporte pas la bêtise », et je l'ai entendue ajouter pour Abélard : « … et ce type était bête comme une valise sans poignée. »

Deux semaines plus tard, Abélard l'a plaquée. Ce qui m'amène à la suite :

LE COMBI VOLKSWAGEN

Il appartenait à Abélard, que ma mère avait rencontré à l'occasion d'une journée de méditation. C'était lui le prof, ou plutôt le gourou. Astrid est encore jolie, malgré ses quarante-quatre ans. Elle est grande et mince, avec de longs cheveux blonds ondulés. J'ai vu des hommes se retourner sur elle dans la rue. Et donc, bien qu'il ait eu dix ans de moins qu'elle, il lui a proposé d'aller boire un café après le stage, et à partir de là ils sont devenus inséparables. Quand nous avons emménagé dans le studio en sous-sol, il s'est quasiment installé avec nous, en garant son Combi Volkswagen devant.

Abélard me rappelait Jésus, mais seulement physiquement. Il avait les cheveux longs et châtains, un petit bouc de hipster et une moustache. Il se disait bouddhiste et jacassait beaucoup sur la paix, l'amour et la tolérance, ce qui aurait été très bien s'il n'avait pas été si minable. Déjà, il tapait de l'argent à ma mère, alors que c'était évident qu'elle joignait à peine les deux bouts. Et en plus, il avait un sale caractère. Il insultait Astrid parce qu'elle mettait ses affaires de yoga dans le séchoir au lieu de les laisser sécher sur un fil, ou parce qu'elle avait interrompu sa méditation sans le faire exprès.

C'était un bouddhiste mal embouché. Je ne pouvais pas le sentir.

Un soir de juillet, Abélard a annoncé à Astrid qu'il partait en Inde pour un « voyage spirituel », et qu'il ne pouvait plus être « enchaîné » à elle. Ils se sont disputés. Je suis sorti et j'ai fait dix fois le tour du pâté de maisons. D'un côté, j'étais mal pour Astrid, parce que je savais qu'elle aimait beaucoup Abélard. De l'autre, j'étais soulagé. Elle méritait bien mieux.

À mon retour, il était parti.

Mais pas son Combi. Il était toujours là, devant chez nous. Astrid m'a dit qu'Abélard lui en avait fait don ; c'était un petit geste pour s'excuser d'avoir été un tel pique-assiette. Et maintenant, j'apprends qu'Abélard l'accuse de l'avoir volé.

Je sais que ma mère enjolive parfois la réalité. Mais il faudrait être fou pour croire à ce que raconte Abélard, car ce type est d'une fourberie crasse. J'imagine que la vérité doit se situer quelque part entre les deux.

Mais je vais trop vite. Revenons à nos moutons.

Une semaine après le départ d'Abélard pour l'Inde, le propriétaire a fait changer nos serrures. Cela faisait un moment qu'il essayait de se débarrasser de nous parce que nous avions des loyers en retard. En rentrant un soir, nous avons trouvé nos affaires entassées sur la pelouse. Ma gerbille, Horatio, était posée sur le dessus du tas, dans sa cage.

J'avais reçu Horatio en cadeau pour mes dix ans. Ce que je voulais, moi, c'était un chien, et j'avais donc été d'abord déçu de me retrouver avec un rongeur. Mais en regardant ses petits yeux noirs, en caressant son pelage noir et blanc tout doux, j'étais tombé amoureux. Même s'il ne savait pas rapporter, ni courir, ni donner la patte, et même s'il avait une cervelle grosse comme une cacahuète, je l'adorais. C'est pourquoi, en le voyant perché en équilibre instable sur notre fourbi, j'ai craqué. Et si sa cage était tombée et qu'il s'était fait mal ? Et si elle avait été mal fermée et qu'il s'était enfui ? Et si un chien affamé était passé par là ? Horatio n'avait pas *l'air* traumatisé, mais d'un autre côté ce n'est pas facile de déchiffrer les émotions complexes des gerbilles.

Je me suis mis à pleurer à chaudes larmes. Astrid m'a fait un gros câlin. « C'est pas grave, Lilla Gubben. Ça va aller. » (Lilla Gubben est un des surnoms qu'elle me donne ; ça veut dire « petit vieux » en suédois. Il paraît que quand je suis né j'étais chauve et tout fripé.)

« Comment ça, “Ça va aller” ? On n'a nulle part où habiter ! » ai-je braillé.

Elle m'a pris fermement par les épaules et m'a obligé à la regarder bien en face. « Ne t'en fais pas. Je vais trouver une solution. Comme toujours. »

Et c'est ainsi que nous nous sommes retrouvés…

CHEZ SOLEIL

Astrid a entrepris d'appeler ses amis pour voir si quelqu'un pouvait nous héberger quelques nuits. Si mon POPO m'a appris une chose au fil des années, c'est que ma mère est très douée pour se faire des amis, et encore plus pour les perdre. Je n'ai donc pas été très étonnée qu'Ingrid lui dise non. Ou que Karen lui raccroche au nez.

Astrid a réfléchi un instant. Puis elle a dit : « Je vais essayer avec Soleil. »

Soleil était une des élèves de son cours de peinture à Emily-Carr. Elle aussi avait des enfants. Toutes deux étaient très vite devenues copines. Jusqu'au jour où elles s'étaient brouillées à mort, il y avait environ deux ans de ça.

Je me rappelle, j'ai tout entendu de ma chambre. La soirée avait commencé dans une ambiance de fête, parce que Soleil avait encore vendu une toile, et cette fois pour une somme record. Mais après la deuxième bouteille de vin, Astrid s'était mise à parler de la médiocrité des masses, et à dire qu'elle ne comprenait pas comment des croûtes banales comme celles de Soleil partaient comme des petits pains alors que ses tableaux abstraits à elle, bien supérieurs, ne se vendaient pas. Soleil était repartie en larmes et elles ne s'étaient plus jamais reparlé.

« Elle dit qu'on peut rester un peu chez elle », m'a annoncé Astrid en raccrochant. Elle avait l'air aussi étonnée que moi.

Nous avons tout fourré dans le Combi, que nous avons pris pour rejoindre la nouvelle maison de Soleil, près du croisement de Main Street et de l'avenue King Edward. Elle nous attendait devant une grande villa moderne. Astrid a sifflé entre ses dents. « J'en connais une qui a fait du chemin », a-t-elle commenté.

Soleil a souri en me voyant. Elle est grande et large d'épaules, avec un visage ouvert et amical. « Félix, comme tu as grandi ! » Puis elle a embrassé ma mère sans grande chaleur. « Astrid. Ça va ? Qu'est-ce qui t'arrive ?

— Une "rénovation-expulsion" express, par un salopard de propriétaire. » Je me prenais presque à admirer la facilité avec laquelle elle débitait des mensonges.

Soleil nous a aidés à tout transporter dans un grand sous-sol lumineux et spacieux. Une toile représentant des roses jaunes était accrochée au mur.

« Je me souviens de celle-ci, a commenté Astrid. Tu l'as peinte à Emily-Carr.

— Et tu m'as dit qu'elle était "techniquement au point, mais vide d'émotion". Tu pensais que je n'exploitais pas tout mon potentiel. »

Le silence d'Astrid a empli la pièce.

J'ai regardé les joues pâles de Soleil virer au rose vif. « Mes roses sont devenues mon best-seller. Je n'arrive pas à suivre la demande. »

Mon POPO m'a indiqué que nous étions en train de nous aventurer en terrain dangereux. « Tu veux caresser ma gerbille ? » ai-je proposé, mais Astrid a pris la parole avant que Soleil puisse me répondre.

« Je suis contente pour toi, Soleil, sincèrement. » J'ai soufflé de soulagement, jusqu'à ce qu'elle ajoute : « Tes toiles sont parfaites pour les halls de banque et les salles de conseil d'administration. »

Houlà.

Soleil a croisé les bras bien serré sur sa poitrine. « Les parents d'Arpad arrivent à la fin de la semaine. Mais vous êtes les bienvenus jusque-là.

— Tu ne m'avais pas parlé de ça, a dit Astrid.

— Je t'en parle maintenant », a répondu Soleil, les yeux rivés sur ses roses jaunes.

Comme Soleil et sa famille étaient pris ce soir-là, Astrid et moi sommes allés au Helen's Grill et nous avons commandé la formule petit déjeuner pour le dîner. J'étais angoissé. Cela arrive parfois, quand on n'a nulle part où vivre.

La serveuse nous a apporté nos assiettes. « Pourquoi est-ce que le petit déjeuner est toujours meilleur à l'heure du dîner ? s'est interrogée Astrid.

— C'est un mystère de la science. »

Nous avons mangé en silence pendant un petit moment. Puis elle a lancé : « J'ai une idée marrante ! » Je l'ai regardée, la bouche pleine d'œufs brouillés. « On va vivre dans le Combi. Juste quelques semaines, le temps que je trouve où nous loger. Imagine un peu, Félix. On ne fait pas mieux pour les grandes vacances ! La liberté, l'aventure… Quand j'avais dix-neuf ans, mon livre préféré était *Sur la route*, de Jack Kerouac. On va s'éclater ! »

J'ai « imaginé un peu ». Je n'étais jamais allé plus loin que Victoria : avec la classe, nous avions visité l'Hôtel du Parlement de la province quand j'avais dix ans. Madison m'avait tiré les cheveux dans le car pendant tout le trajet aller et tout le trajet retour. « On pourrait voyager ? Traverser la Colombie-Britannique ? Ou même aller jusque dans les Rocheuses ?

— Bien sûr.

— Et on en a les moyens ?

— Pendant un mois, oui. J'ai un peu de sous de côté.

— Si tu as des sous de côté, pourquoi est-ce qu'on n'a pas payé le loyer ? »

Astrid s'est mis une tranche de bacon dans la bouche. « Le proprio nous arnaquait. Le nombre de fois où je lui ai demandé de réparer des choses sans qu'il le fasse… C'est lui qui nous devait plusieurs mois de loyer gratis, pour tout ce qu'il nous a fait subir.

— Ah.

— Alors, qu'est-ce que tu en dis ? Des vacances de rêve, non ? »

Je n'étais pas convaincu, mais je ne voulais pas jouer les rabat-joie de service. « Si, sûrement. D'accord. »

Nous nous sommes tapé dans la main pour sceller le marché. Ce qui m'amène au début du mois d'août. Le jour où nous avons commencé notre vie à bord d'un Combi Volkswagen.

AOÛT

Le Volkswagen Westfalia n'est pas vraiment un camping-car. Ce n'est pas un monospace, ni un utilitaire, ni un minibus. C'est une catégorie de véhicule à lui tout seul.

Le nôtre – et je vous préviens, je continuerai à l'appeler le nôtre – est un modèle Vanagon Syncro de 1987 environ, coloris gris anthracite. Son toit réhaussable permet de gagner de l'espace pour le couchage, et son auvent intégré est idéal pour s'installer en extérieur l'été. Son mini-frigo, sa gazinière deux feux alimentée par une bonbonne de propane et son évier à pompe relié à un gros réservoir en plastique permettent de faire la cuisine et de laver la vaisselle. Une table peut être abaissée pour les repas et les jeux. La banquette arrière se déplie pour former un grand lit. Une fois le toit rehaussé, on peut ouvrir un second lit « en mezzanine ».

Il y a aussi des petites niches de rangement dans tous les coins. L'aménagement est conçu pour une utilisation optimale de chaque centimètre carré.

En bref, le Combi Westfalia est un pur chef-d'œuvre.

En revanche, je suis à peu près sûr qu'il est prévu uniquement pour des séjours temporaires : des vacances, par exemple. Et au début, c'est bien ce qu'Astrid et moi avions en tête.

« Il va falloir voyager léger », m'a-t-elle averti après la première de nos deux nuits sans sommeil dans le sous-sol de Soleil.

Nous avons entrepris de trier nos affaires pour décider ce que nous emportions et ce que nous laissions. C'était un vrai casse-tête, car même si le Westfalia met à profit le moindre centimètre carré, il n'y a pas beaucoup de centimètres carrés au départ.

Astrid et moi nous sommes donc mis d'accord pour nous poser deux questions importantes : *Est-ce une chose dont je me sers tous les jours ?* Si la réponse était oui, l'objet allait dans le Combi. Des choses telles que :

Assiettes, bols, couverts, verres, tasses – deux de chaque

Une casserole, une poêle, quelques ustensiles de cuisine

Liquide vaisselle, torchons
Shampooing, déodorant, brosses à dents, dentifrice
Trousse à pharmacie
Lampe torche, lampes frontales
Deux jeux de draps, oreillers, duvets, serviettes
Vêtements pour une semaine

Une fois les biens de première nécessité réunis, nous nous sommes posé la seconde question : *Est-ce une chose dont je ne peux pas me passer ?* Pour Astrid, il s'agissait d'une petite pile de livres, de notre *Trivial Pursuit*, et de ses crayons, peintures, chevalet et carnets de croquis. Pour moi : Horatio, quelques livres de la collection « Découvertes », mon vieil exemplaire corné de *Moumine le Troll*, et Mel.

Astrid a plissé le nez devant mon *tomte*. « Il faut vraiment qu'on le prenne, ça ? » Elle ne l'a jamais aimé ; elle dit que son regard la met mal à l'aise.

J'ai répondu que oui. Si le Westfalia devait devenir notre logis temporaire, je me disais que nous allions avoir besoin de toute la protection possible.

Ensuite, nous avons emprunté des produits ménagers à Soleil et nous avons nettoyé le Combi à fond. Abélard avait laissé quelques affaires, y compris une boîte à outils, une parka imperméable Patagonia, un chauffage d'appoint et un sachet en plastique rempli de marijuana. Astrid a gardé la boîte à outils et le chauffage, et m'a donné la parka. Je jure que je ne sais pas ce qu'est devenu le sac d'herbe.

Après notre deuxième nuit dans le sous-sol de Soleil, nous avons chargé le Westfalia. Les jumeaux de Soleil sont sortis pour nous regarder faire, jusqu'au moment où leur père, Arpad, les a emmenés à leur stage d'été de mécatronique.

Ensuite, nous avons cherché Soleil dans son garage converti en atelier. Elle travaillait sur une nouvelle toile représentant des roses, non pas jaunes, mais roses.

« Bien, nous voilà partis, a dit Astrid.

— Et le reste de vos affaires ?

— Si ça ne t'ennuie pas, on va les laisser ici. Jusqu'à la fin du mois. C'est tout. »

Astrid a posé la main sur ma tête et j'ai su que c'était le signal pour que je dégaine mon sourire irrésistible. Soleil a froncé les sourcils. « D'accord. Mais pas plus longtemps, hein.

— Merci de nous avoir hébergés », ai-je dit, vu que ma mère n'avait pas l'air décidée à le faire.

Soleil a posé son pinceau pour m'embrasser. « Ça m'a fait plaisir de te revoir, Félix. Fais bien attention à toi. » Elle n'a pas regardé Astrid. Elle s'est retournée vers sa toile sans ajouter un mot.

Astrid avait raison. Passer le mois d'août dans le Westfalia, j'ai trouvé ça fantastique, une fois remis de ma déception en apprenant que finalement nous n'allions pas voyager bien loin. Astrid s'en est rendu compte lorsqu'il a fallu faire le plein. Cela coûtait « un bras », comme elle l'a dit. « Désolée, Böna. » C'est encore un des surnoms qu'elle me donne : « haricot », en suédois. « Mais pense à tous les beaux endroits qu'on peut visiter à Vancouver et aux alentours ! Le mont Grouse, Stanley Park, Wreck Beach…

— Pas Wreck Beach ! » Cette plage est connue pour être « favorable au naturisme ». Astrid m'y emmenait quand j'étais petit. Ça allait quand j'avais cinq ans, mais maintenant que j'en ai douze trois quarts, je n'y mettrais pas les pieds pour tout l'or du monde.

« D'accord. Chochotte ! Je dis juste qu'il y a des tas d'endroits super. »

Et c'était vrai. Nous avons séjourné à Stanley Park. Nous nous sommes offert une balade sur la Route 99, jusqu'au camping payant d'Alice Lake. Nous avons dormi dans Lighthouse Park, là où il y a le phare. Personne n'est venu nous embêter. C'était vraiment comme prendre de longues vacances d'été dans notre propre ville. Nous passions nos journées à nager, à marcher, à lire. Nous n'étions jamais très loin d'une bibliothèque. J'ai lu des ouvrages tels que *Brève Histoire du progrès* et *Brève Histoire du monde*, et des classiques comme *Les Grandes Espérances* de Dickens. Astrid installait son chevalet dehors pour peindre. Les nuits étaient tièdes, et nous accrochions la moustiquaire à l'arrière du Combi pour laisser entrer l'air mais pas les insectes. Depuis ma « mezzanine », je voyais les étoiles par la fenêtre du toit.

Astrid a beau n'avoir qu'un diplôme du collège d'Art et de Design de l'Ontario, elle est très cultivée ; avant d'atterrir dans cette école d'arts graphiques, elle a passé cinq ans à l'université et changé trois fois de cursus. Comme elle dit, elle en sait « un peu sur beaucoup de choses ». Elle m'apprenait à trouver les constellations du zodiaque dans le ciel. Elle me racontait des histoires tirées des mythologies romaine, grecque et nordique. Elle m'a appris des tas de choses sur Odin et Thor, sur Vénus et Neptune, et Zeus et Apollon.

Il n'y avait plus d'Abélard. Plus de proprio hargneux. Plus d'école. Plus de Madison. C'était merveilleux. Oserai-je dire que c'était même un peu magique ?

C'était tellement magique que nous n'avions aucune envie de penser à plus tard. Astrid envoyait son CV à beaucoup d'entreprises pour essayer de retrouver un emploi de bureau, et elle a recontacté l'université Emily-Carr, mais personne n'embauchait. Elle n'avait pas l'air de s'en faire : nous avions des économies, suffisamment pour rester à flot un petit moment. Nous avons visité quelques appartements, mais la plupart des propriétaires voulaient voir des fiches de paie.

L'un d'eux a reluqué Astrid en lui disant qu'il n'avait pas besoin de fiches de paie ni de références. Mais son appartement en sous-sol était aussi sordide que lui.

« Je préfère le Combi, m'a-t-elle confié.

— Moi aussi. »

Mais quand août a touché à sa fin et que les jours ont commencé à raccourcir, nous avons su qu'il fallait prendre une décision. « Félix, m'a-t-elle dit un soir pendant que nous installions le *Trivial Pursuit* dehors, on va peut-être devoir rester dans le Combi encore un petit mois. Jusqu'à ce que je trouve un job.

— Très bien », ai-je répondu. Et vraiment, sur le moment, ça l'était.

« Et tu sais ce qui est super, du coup ?

— Quoi ?

— Tu peux t'inscrire n'importe où en cinquième, du moment que c'est un établissement public. »

Ça, c'était une bonne nouvelle. Mes deux dernières écoles n'avaient pas été horribles, mais pas formidables non plus. J'avais toujours eu comme un sentiment de solitude constant.

« Je pourrais aller à Blenheim ? Il y a un cursus en français, avec des cours en immersion, qui commence justement en cinquième. J'ai toujours voulu apprendre le français. » Je n'ai pas ajouté que c'était en partie à cause de mon père. « Et en plus, c'est à Kitsilano. » Le quartier de mes meilleurs souvenirs scolaires.

Les yeux d'Astrid se sont mis à briller. « Ce serait parfait pour toi. *Et nous pourrons parler français ensemble* », a-t-elle ajouté dans cette langue. Car elle la maîtrisait un peu. Encore une matière qu'elle avait étudiée en fac.

Mais là, je me suis rappelé une chose que m'avait dite mon vieux copain Dylan. « Blenheim est le seul collège des environs qui propose ce cursus, ai-je dit.

— Et alors ?

— Alors, c'est un collège principalement anglophone. Il n'y a que deux classes en français. Soit environ soixante élèves. Et les premiers arrivés sont les premiers servis. La sœur de Dylan a été prise, mais elle avait postulé des mois à l'avance. »

Astrid a réfléchi. « Rien n'est perdu. On ira demain. Et surtout, Félix… » Elle m'a regardé dans les yeux. « … tu me laisses parler. »

Le Guide des mensonges d'Astrid

Je dois interrompre un instant mon récit pour expliquer que oui, de temps en temps, ma mère dit des mensonges. Mais il est important de noter qu'elle a des *degrés* de mensonge, soumis à des règles. Un peu comme l'Église de Scientologie avec ses « dynamiques d'impulsion », ses raisonnements ne sont pas toujours d'une logique à toute épreuve. Mais c'est ainsi que je les classe dans ma tête.

LE MENSONGE « INVISIBLE »

C'est typiquement le petit mensonge lambda, celui que nous débitons plusieurs fois par jour sans même y penser. Par exemple, imaginons que vous venez d'apprendre que vous avez une maladie mortelle ; un serveur de restaurant ou un chauffeur de bus vous demande comment vous allez. Vous répondez : « Bien. » Car il est admis qu'ils ne veulent pas vraiment savoir comment vous allez. Ils demandent ça par politesse. Et de toute manière, vous n'avez aucune envie d'en parler à un inconnu. Chacun a juste envie de vaquer à ses affaires.

LE MENSONGE « POUR LA PAIX DES MÉNAGES »

Nous disons tous ce genre de mensonges, pour ne pas blesser notre prochain. Exemple : il y a deux ou trois ans, une amie serveuse d'Astrid, Gina, lui a demandé : « Est-ce que ce pantalon me fait de grosses fesses ? »

Bon. Gina est une femme ronde, et son derrière est à l'avenant. Donc, oui, elle avait de grosses fesses dans ce pantalon. Mais Astrid n'a pas cillé. Elle a répondu par un « non » appuyé. Quand je l'ai interrogée là-dessus ensuite, elle m'a répondu : « Pose-toi cette question, Félix. Quel bien ça lui aurait fait que je lui dise oui ? Elle est déjà assez complexée comme ça. Pas la peine d'en rajouter une couche.

— Mais tu es son amie. Les amies ne sont pas censées se dire la vérité ?

— Parfois, ce que veulent les gens n'est pas une réponse honnête. Ils demandent juste un peu de réconfort. Et en plus, ses fesses n'étaient pas plus grosses dans ce pantalon que dans n'importe quel autre. Et ce sont des fesses parfaitement jolies, très bien proportionnées. Donc tu vois, je n'ai pas officiellement menti. »

LE MENSONGE « ENJOLIVEUR »

Astrid soutient qu'enjoliver n'est pas mentir, c'est juste ajouter un peu de saveur, comme assaisonner un plat. Par exemple, elle ajoute à son CV des choses qui ne sont pas, disons, *tout à fait exactes*, en fonction du type d'emploi auquel elle postule. La première fois qu'elle a cherché du travail dans un restaurant, elle a écrit qu'elle jouissait d'une « vaste expérience dans le secteur des services ».

« Depuis quand ? ai-je demandé en lisant ça.

— Depuis ta naissance. Ça fait des années que je me décarcasse à te servir. »

LE MENSONGE « INOFFENSIF »

Ce sont là des mensonges éhontés visant à aider le menteur d'une manière ou d'une autre. Mais – attention, c'est crucial – qui *ne font de mal à personne*.

Cette catégorie deviendra plus claire dans un petit moment. Et enfin, nous avons :

LE MENSONGE « QUELQU'UN RISQUE DE PERDRE UN ŒIL »

Ces mensonges-là sont les pires, ceux qui ont le potentiel de faire du mal à celui qui les dit, à celui qui les reçoit, ou aux deux.

Astrid n'en dit pas souvent, et quand elle le fait, je ne crois pas que ce soit volontaire. Par exemple, je ne pense pas qu'elle ait eu l'intention de mentir lorsqu'elle a promis à son amie Ingrid de lui rembourser les cinq cents dollars qu'elle lui avait empruntés. Ou quand elle a dit la même chose à son amie Karen. Je pense qu'elle croyait être un jour capable de les rembourser. Mais elle ne l'a pas fait. Elle n'a pas rendu à Ingrid son kit de maquillage hors de prix, non plus. Ingrid et Karen se sont senties blessées, utilisées, et elles ont fini par couper les ponts avec elle. C'est dommage, parce qu'en plus Violette, la fille d'Ingrid, était ma baby-sitter préférée. Mais quand Ingrid est sortie de notre vie, Violette en est sortie aussi.

Quand j'y pense, ma mère a fait fuir beaucoup de gens avec des mensonges de ce genre. Y compris Daniel, l'homme qui se trouve être mon père.

Enfin bref. Il fallait juste que j'explique ces catégories avant de continuer. Car Astrid est sur le point de dire un « inoffensif » et un « quelqu'un risque de perdre un œil », les deux le même jour.

SEPTEMBRE

« Bonjour, je m'appelle Astrid Knutsson et voici mon fils, Félix. » Nous étions au secrétariat du collège public Blenheim. Astrid avait mis sa plus jolie tunique brodée, et aussi du rouge à lèvres. « Nous avons envoyé le dossier d'inscription pour le programme de français en immersion au printemps dernier, après quoi nous avons passé tout l'été à l'étranger. »

Le secrétaire jouait au solitaire sur son ordinateur, derrière le comptoir. Il a fermé le jeu et ouvert un fichier. « Vous pouvez m'épeler le nom de famille, je vous prie ?

— K, N, U, T, S, S, O, N. Je me suis étonnée de ne trouver aucune réponse dans le courrier en rentrant hier soir, alors on s'est dit que le mieux était de passer. » Elle a souri. Quand elle sourit, elle est éblouissante.

Le secrétaire s'est rembruni. « Je ne vois pas trace d'un dossier à son nom.

— Oh, il ne peut pas être loin. Si ça peut vous aider, c'est sans doute un des premiers que vous avez reçus. »

Cette fois, le secrétaire s'est levé et approché d'une armoire de rangement. Il a ouvert une chemise et l'a feuilletée, une fois, deux fois. « Je ne sais pas quoi vous dire. Je n'ai rien.

— Je ne comprends pas. Il est forcément là. Nous nous y sommes volontairement pris très à l'avance. C'est le rêve de Félix depuis au moins deux ans.

— Mon rêve », ai-je répété en écho. J'ai ajouté un léger trémolo dans ma voix – une petite touche qui rendait bien, je trouve.

L'homme a eu un geste d'impuissance. « Madame Knutsson...

— Mademoiselle. Je l'élève seule. Et vous, comment vous appelez-vous ?

— Obasi.

— Obasi, il doit y avoir une erreur. Quelqu'un l'a peut-être mal rangé à la réception ? »

Cette suggestion a aussitôt crispé Obasi. « La seule personne à la réception, c'est moi.

— Ah, alors oubliez ça, s'est hâtée de dire Astrid.

— Sauf que... j'ai eu un remplaçant pendant mon congé maladie, fin mars.

— Exactement quand on l'a envoyé ! »

Quand il s'agit d'improviser, elle est imbattable. Elle s'est tournée vers moi. « Mon pauvre Félix, je suis désolée.

— Mais… Je n'attendais que ça… depuis des années ! » J'ai réussi à verser une larmichette, en vrai. « *Je veux, euh…* learner *le français* », ai-je ajouté dans cette langue pour renforcer mon effet. Astrid m'a serré contre elle. La voix tremblante, elle a balbutié : « C'est ma faute. J'aurais dû garder une copie du dossier. J'aurais dû m'assurer qu'il avait bien été enregistré.

— Allons, allons, a dit le secrétaire. Il ne faut pas vous en vouloir comme ça.

— Vous avez des enfants, Obasi ?

— Pas encore. Mais mon mari et moi sommes en procédure d'adoption.

— À la bonne heure. Au moins, vous pourrez partager les responsabilités parentales. Je vous assure que ce n'est pas facile de tout gérer quand on est seule. Et là, j'ai vraiment été en dessous de tout.

— Mais non, mais non. Vous n'avez rien fait de mal. C'est sans doute ce fichu remplaçant. »

Le poisson était ferré. Astrid n'avait plus qu'à le remonter. « Il n'y a vraiment rien à faire, alors ? »

Obasi a jeté des regards autour de lui et parlé plus bas. « Je ne suis pas censé vous le dire, mais… une place s'est libérée pas plus tard que ce matin. En principe, je devrais me référer à la liste d'attente, mais… puisque vous avez envoyé le dossier il y a des lustres…

— Vous feriez vraiment ça ? »

Il a acquiescé en silence.

Je me suis dégagé des bras d'Astrid. « Merci ! Merci, merci, merci ! Vous faites de moi le garçon le plus heureux de la terre ! Que Dieu nous bénisse, qu'il nous bénisse tous tant que nous sommes ! » Je ne sais pas ce qui m'avait pris de citer *Un conte de Noël* de Charles Dickens, mais ma mère a dû trouver que j'en faisais un peu trop, parce qu'elle m'a flanqué un coup de coude.

Obasi nous a passé des formulaires à travers le comptoir. « Veuillez remplir ceci. »

Astrid lui a décoché son sourire ravageur. « Obasi, vous venez de faire votre BA de l'année. Merci mille fois. »

Il lui a retourné son sourire. « Mais il faut que ça reste entre nous. Ce sera notre petit secret.

— Oh, vous pouvez y compter. »

Je suis resté assis à côté d'Astrid pendant qu'elle remplissait la paperasse. J'ai remarqué qu'à la case « Parent ou tuteur légal » elle ne mettait que son nom à elle.

Arrivée à la case « Adresse », elle a marqué une pause. Elle a jeté un coup d'œil à Obasi, qui était absorbé dans une nouvelle partie de solitaire. Puis elle m'a montré quelque chose sur la page. J'ai lu : « *L'adresse doit impérativement se trouver dans le secteur Ouest. Fournir un justificatif de domicile – pièce d'identité ou facture d'eau ou de téléphone* ».

Nous butions sur un obstacle. Elle faisait suivre notre courrier dans un bureau de poste des quartiers Est, pas dans le secteur Ouest.

Elle s'est levée. « Obasi, décidément, on voit bien que je n'ai pas encore bu mon café. J'ai oublié des justificatifs à la maison. Tout le reste est là. Je vous en conjure, ne donnez pas notre place à quelqu'un d'autre. Nous reviendrons demain à la première heure avec les pièces manquantes. »

Il s'est rembruni. « Je peux tenir jusqu'à 10 heures demain matin, mais pas plus.

— Aucun problème. »

Elle l'a gratifié une dernière fois de son fameux sourire.

Une fois dans le Combi, elle s'est installée derrière le volant sans rien dire. J'ai compris qu'il valait mieux que je me taise. Elle réfléchissait à la suite.

Au bout de quelques minutes, elle a mis la clé dans le contact. « Tout va bien. J'ai trouvé. »

Nous avons attendu jusqu'à 18 heures ce soir-là. « Il faut que je sois certaine qu'il sera rentré du boulot », m'a dit Astrid. Elle n'a pas précisé qui « il » était.

À 18 h 01 précises, nous nous sommes garés devant une maison, dans le quartier de Kitsilano. Il y avait des vélos et un trampoline dans le jardin. « Hé, mais c'est chez Caitlin ! » me suis-je exclamé. C'était une ancienne camarade de classe, à l'époque de l'appartement. « Qu'est-ce qu'on… »

Astrid a levé une main et sauté du Combi. « Attends-moi ici. »

Je l'ai regardée s'approcher de la porte et frapper. Le père de Caitlin, M. Poplowski, lui a ouvert.

Je jure qu'il a eu l'air abasourdi en la voyant. Il est sorti sur le perron en refermant derrière lui, comme s'il redoutait que quelqu'un de sa famille ne voie ce qui se passait.

Ils ont discuté un petit moment. L'homme était visiblement agité. Ensuite, il est rentré. Astrid s'est retournée vers moi et a levé le pouce. Contrairement à M. Poplowski, elle était parfaitement relax.

Quelques minutes plus tard, la porte s'est rouverte. M. Poplowski a donné des papiers à ma mère, après quoi il a redisparu en claquant la porte.

Quand Astrid a regagné le Combi, elle gambadait presque. « Tiens. C'est réglé.

— Mais qu'est-ce que tu as fait ?

— Il nous fallait une adresse. Il vient de me la fournir.

— On va donner l'adresse de Caitlin au collège ? »

Elle a ri. « Non, non. Son père va nous laisser utiliser l'adresse de son cabinet d'avocats, qui se trouve sur l'avenue Broadway. Les bureaux sont au rez-de-chaussée et les appartements au-dessus, mais le collège ne fera pas la différence. On peut faire réexpédier tout notre courrier là-bas.

— Et ça ne le dérange pas ? »

Elle a démarré, le sourire aux lèvres. « Il n'a pas le choix.

— Mais pourquoi…

— Félix. Ça suffit, les questions. »

Je me suis tu. Mais je repensais à la dernière fois que j'avais vu M. Poplowski. C'était l'hiver. Nous habitions encore dans l'appartement. Ce matin-là, j'étais parti pour l'école en forme, mais dans la matinée j'avais vomi. L'infirmière en avait conclu que je couvais une grippe. Elle avait appelé ma mère deux ou trois fois, mais comme elle n'arrivait pas à la joindre elle m'avait dit de m'allonger sur le petit lit de l'infirmerie. J'avais fini par me barber. Quand elle était allée aux toilettes, j'en avais profité pour filer ; je préférais rentrer à pied et me coucher à la maison, où il y avait la télé, au moins.

J'étais entré dans l'appartement. Ma mère y était… avec M. Poplowski. Il était en train de mettre ses chaussures. « Ça alors, Félix, mon grand ! Qu'est-ce que tu fais là ? m'avait-il lancé avec un enthousiasme un peu excessif.

— Le papa de Caitlin est avocat, avait renchéri ma mère. Il m'aidait à bien comprendre le règlement de copropriété. »

Comme je n'étais pas dans mon assiette, et qu'en plus je n'avais que huit ou neuf ans, je n'avais pas posé de questions. Mais mon POPO m'avait soufflé que c'était bizarre de rester en peignoir pour recevoir un avocat.

Je ne veux pas trop penser à tout cela. Mais j'imagine que le père de Caitlin s'est dit qu'il valait mieux se prêter à un petit mensonge que laisser un plus gros éclater au grand jour.

Nous nous sommes rendus tout droit à la bibliothèque de Kitsilano. Astrid avait à la main un des papiers que lui avait donnés le père de Caitlin : une facture d'eau de son cabinet d'avocats. Elle a allumé un ordi et trouvé une police de caractère correspondant à celle de la facture. Elle a tapé son nom, « *Astrid Knutsson* », et l'a imprimé. Puis elle l'a soigneusement découpé et collé sur celui de M. Poplowski. Enfin, elle a photocopié la facture et m'a montré le résultat.

Ça passait bien. Ça faisait vrai.

Le lendemain, nous sommes entrés au secrétariat à 9 h 01 tapantes. « Ah, vous voilà, parfait », a dit Obasi. Astrid lui a tendu la facture, qu'il a étudiée avec attention. « En principe, nous n'acceptons pas les photocopies. Il nous faut l'original.

— Il est chez mon expert-comptable en ce moment.

— Ça ne fait rien. Vous me l'apporterez quand vous pourrez. »

Obasi m'a souri et m'a tendu la main. « Félicitations, Félix. À la semaine prochaine. »

Je me sentais heureux – ivre de joie, même – en remontant dans le Combi. Le mois d'août avait été chouette, mais je commençais à avoir hâte de me retrouver parmi des gens de mon âge, et peut-être même de me faire un copain ou deux.

Astrid n'a pas démarré tout de suite. « Que ce soit clair, Félix. Quand tu iras en cours, ce serait bien que tu ne parles pas de ça à tes camarades.

— De la manière dont tu m'as inscrit ?

— Non. Enfin si. De ça non plus. Mais je voulais parler de notre logement. » Elle a indiqué le Combi du geste. « Nous savons bien, toi et moi, que c'est strictement temporaire. Mais les autres… risquent de ne pas comprendre. Je ne veux pas leur donner de raisons d'appeler la def. »

Un frisson glacé m'a saisi le cœur.

La def. Direction de l'Enfance et de la Famille.

Nous avions déjà eu un accroc avec elle, en avril dernier. Astrid et Abélard avaient eu une de leurs disputes les plus spectaculaires la nuit précédente. Une assistante sociale s'était pointée avec une montagne de questions. C'était sans doute le propriétaire qui avait appelé les services sociaux, car il vivait à l'étage au-dessus. Il avait peut-être peur que je sois un enfant battu. Ce n'était pas le cas. Abélard n'a jamais été violent – du moins, pas avec moi.

Bref. J'avais appris de cette expérience, et d'autres histoires racontées par ma mère, qu'il valait mieux éviter de se faire repérer par la def. Tout sauf ça. J'ai donc répondu : « D'accord. »

De toute manière, rester discret sur ma façon de vivre ne me posait aucun problème, sur le moment. Comme le disait Astrid, c'était temporaire. Nous n'allions pas tarder à trouver un logement.

Le jour de la rentrée à Blenheim, l'appréhension me nouait tellement les tripes que j'en ai eu la diarrhée, ce qui est déjà moyennement agréable en temps normal, mais carrément pas top quand on vit dans un Combi Volkswagen.

Heureusement, nous avions dormi tout près du collège, en face du gymnase municipal du quartier. Astrid avait tout prévu pour que nous puissions nous laver le matin. Je me suis précipité aux toilettes trois fois en une demi-heure.

La veille, nous étions passés prendre quelques affaires chez Soleil : des pulls plus épais, des vestes et chaussures plus chaudes, et mes fournitures scolaires de l'année précédente. À notre arrivée, il n'y avait pas de voiture dans l'allée et les volets roulants étaient baissés.

« J'ai l'impression qu'il n'y a personne, ai-je constaté.

— Pas grave. » Astrid a fait marche arrière. J'ai cru que nous repartions, mais non, elle a tourné deux fois à droite et s'est garée de l'autre côté de la maison, près de la porte de derrière.

Mes tripes se sont figées. « Qu'est-ce que tu fais ?

— J'entre.

— Maman. » Elle m'a envoyé un regard dur. Elle n'aime pas que je l'appelle comme ça. « On ne va pas entrer par effraction, maman.

— Qui te parle d'effraction ? » Elle a sorti une clé de sa poche.

« Soleil t'a donné un double ? » me suis-je étonné en descendant du Combi.

Astrid a ouvert le portillon du jardin. « Oui et non. Elle m'a donné la clé pendant notre séjour. J'ai fait faire un double avant de la lui rendre. »

Mes intestins se sont de nouveau figés. « Alors c'est bien une effraction. »

Elle a enfoncé la clé dans la serrure. « Pas si on ne prend que ce qui nous appartient. »

J'ai commencé à avoir le hoquet. Ça m'arrive quand je suis angoissé. « Mais s'ils rentrent ?

— Pas de danger. Je me suis renseignée.

— Alors c'était prévu, en plus ! *Hic.* »

Astrid a ouvert. Un sifflement aigu nous a accueillis. Le sifflement indiquant qu'une alarme n'allait pas tarder à se déclencher. Cette fois, mes boyaux se sont complètement ramollis.

Mais Astrid a simplement tapé un code sur le boîtier et le bruit s'est arrêté. « Böna, tout va bien. Soleil ne saura jamais qu'on est passés. »

Finalement, nous sommes restés tout l'après-midi là-bas. Astrid a lavé notre linge sale. Puis, dans la salle de bains des invités, elle m'a fait couler un bain plein de mousse. Mes derniers scrupules se sont envolés quand je suis entré dans la baignoire. C'était merveilleux. Pendant que je barbotais et que je me lavais les cheveux, elle a rempli le Jacuzzi de la suite parentale pour elle-même.

J'ai un peu honte de l'avouer maintenant, mais nous avons aussi dévalisé le congélateur. Un plat de lasagnes nous appelait à grands cris. Alors nous l'avons réchauffé et dégusté. Astrid a déniché une boîte en plastique dans un tiroir et y a mis le reste pour mon déjeuner de rentrée.

À vrai dire, c'était assez génial de se trouver dans une vraie maison pour la première fois depuis un mois. Et donc, après le dîner, nous ne sommes toujours pas partis. Nous sommes allés au salon regarder la télé, y compris *Qui, Que, Quoi, Quand ?*, qui est une sorte de *Questions pour un champion* sous stéroïdes. Contrairement au présentateur de *Questions pour un champion*, l'animateur de *Qui, Que, Quoi, Quand ?*, Horatio Blass, agite les bras dans tous les sens, et parle avec une grosse voix, et crie beaucoup « Woooooou-hooοou ! ».

J'ai lancé les réponses avant les concurrents. J'avais presque toujours bon. Je ne dis pas ça pour me vanter :

simplement, j'ai un talent singulier pour emmagasiner les informations. Et comme ma mère a tout étudié, de l'anthropologie à l'histoire mondiale en passant par la littérature anglaise, j'en ai collecté des camions, au fil des années. « Tu es une vraie éponge », m'a dit un jour un professeur à qui je venais de réciter de mémoire le fameux discours de Martin Luther King « Je fais un rêve. »

Pendant que nous étions devant la télé, mon regard a dérivé vers un immense portrait de famille en noir et blanc, accroché au-dessus de la cheminée. Soleil, son mari et leurs jumeaux étaient habillés de manière presque identique : pulls à col rond blanc cassé et pantalons noirs.

J'ai éprouvé un pincement d'envie, je ne le nie pas. Ils avaient l'air si heureux… si riches…

Comme nous ne voulions pas attirer l'attention en allumant les lumières, nous sommes partis dès que le jour a commencé à baisser.

Je crois important de préciser que nous avons laissé les lieux dans un état impeccable. Plus propres, peut-être, qu'à notre arrivée. Et nous n'avons pris que les lasagnes. Et la boîte en plastique. Et une bière pour Astrid et un soda pour moi.

Je suis donc à peu près sûr que c'est simplement une coïncidence si la semaine d'après ma mère portait un pull que je n'avais jamais vu sur elle.

Blanc cassé. À col rond.

Astrid m'a inspecté une dernière fois avant mon départ. Mes cheveux formaient, comme d'habitude, une énorme touffe blonde, mais ils étaient propres, soyeux, et ils sentaient merveilleusement bon. Je portais un jean, acheté chez Tout pour Rien – je me demande pourquoi les gens vont ailleurs, franchement –, et mon tee-shirt préféré, un faux maillot de sport orné du drapeau canadien et estampillé « Ligue nationale de hoquet ».

« Tu es très beau, m'a dit Astrid. Bonne chance, essaie de passer une super-journée.

— Toi aussi. »

Elle allait chercher du travail. Elle portait un pantalon gris, des ballerines et un de ses jolis chemisiers. Astrid est très forte pour faire bonne impression au premier regard. Ce sont les impressions suivantes qui posent parfois problème.

Je me suis rendu à Blenheim à pied. Il faisait un temps superbe. Des deux côtés de la rue, les feuilles des marronniers bruissaient dans le vent léger. Mon ventre gargouillait parce que je n'avais mangé qu'une banane pour le petit déjeuner. J'étais trop noué pour avaler autre chose.

En franchissant les portes du vieux bâtiment en brique jaune, j'ai tâché d'afficher une assurance que j'étais loin d'éprouver.

Mon regard est tombé par hasard sur un garçon, un peu plus loin dans le couloir. On aurait dit qu'il venait de tomber du lit. Son tee-shirt à rayures et son jean étaient chiffonnés, il avait les cheveux en pétard, et le bas de son tee-shirt était coincé dans son caleçon.

Je l'ai reconnu au premier coup d'œil. C'était Dylan Brinkerhoff, mon ancien meilleur ami.

« Dylan, salut ! » ai-je lancé d'une voix fêlée. Il s'est retourné et m'a regardé sans expression pendant quelques instants. Mon cœur s'est serré. Mais ensuite, ses lèvres se sont étirées dans un sourire immense, révélant une bouche pleine de ferraille. « Félix ! » Il a agité les bras et m'a serré contre lui. « Tu es là pour le français en immersion ? » Ses bagues le faisaient zozoter légèrement, comme si elles tiraient sur sa langue.

« Oui. Pitié, dis-moi que toi aussi.

— Moi aussi ! Ça veut dire que tu es de retour dans le quartier ?

— Exactement.

— Mais c'est génial ! T'habites où ? »

J'ai battu des paupières. Je ne m'attendais pas à ce que la question arrive si vite. « Dans le secteur Ouest, mais vraiment en bordure. C'est loin en bus. » Je me suis dit que c'était un mensonge de la catégorie « invisible ».

« T'as qui, comme prof ?

— M. Thibault.

— Moi pareil. C'est dingue, non ? »

J'ai failli répondre que ce n'était pas si dingue étant donné qu'il n'y avait que deux classes en français, mais je me suis abstenu.

« Non mais c'est trop génial ! Dément ! » a-t-il continué.

J'étais bien d'accord.

Dylan et moi nous sommes trouvé des places vers le milieu de la classe. C'était plus prudent pour commencer. J'ai compté vingt-huit élèves, moitié filles, moitié garçons. On n'entendait pas les bavardages de rentrée habituels : nous venions quasiment tous d'ailleurs, spécialement pour les cours en français, ce qui fait que nous étions tous nouveaux. Franchement, c'était un soulagement.

Un homme est entré. Il devait avoir dans les vingt-cinq ans, les bras épais et le torse large. Il arborait une barbe noire et une moustache en guidon de vélo soigneusement entretenue. Et il avait des tatouages. Des tas et des tas de tatouages. « *Bonjour, je m'appelle monsieur Thibault* », nous a-t-il dit en français avant de traduire en anglais.

Dylan et moi avons échangé un regard. M. Thibault ressemblait plus à un Hells Angel qu'à un professeur.

Il nous a dit, en anglais, qu'il était originaire de la ville de Québec et qu'il avait neuf frères et sœurs. Neuf ! Il nous a rappelé que nous étions tous dans le même bateau, et que ce n'était donc pas la peine de s'angoisser. Mon POPO me soufflait qu'il allait être formidable.

« Pour aujourd'hui, et aujourd'hui seulement, nous allons parler en anglais. À partir de demain tout sera *en français*. Bien, nous allons faire un tour de présentations. Chacun d'entre vous va expliquer rapidement pourquoi il a choisi ce programme. »

Il a commencé par le fond en remontant vers les premiers rangs. Quand son tour est venu, Dylan a dit : « Je m'appelle Dylan Brinkerhoff. Mes grandes sœurs, Cricket et Alberta, ont suivi le programme. Elles m'ont dit que je devrais faire pareil. Du coup, je suis là. »

Je passais juste après lui. « Félix Knutsson. Je suis à moitié suédois – mais je n'ai jamais appris plus que quelques mots –, et un quart haïtien, un quart français, mais je ne parle ni le créole ni le français. Et j'aime les langues, et j'aime me poser des défis, alors… me voilà. »

La plupart des présentations étaient comme les nôtres, brèves et en anglais. Et enfin, M. Thibault est arrivé à la dernière élève, qui était assise au premier rang (avec le recul, je me rends compte que c'était prévisible).

Winnie Wu.

Les longs cheveux noirs de Winnie étaient coiffés d'une manière alambiquée, une tresse qui partait du haut du crâne (je n'ai compris que plus tard que ce n'était pas par hasard : on appelle cela une tresse française. *Française*. Vous pigez ?). Elle portait un haut blanc et une jupe écossaise avec de grandes chaussettes rouges et des chaussures en cuir noir. Autour du cou, accrochés à une chaînette en or, un cœur en jade et une petite croix en or. Et sur sa tête, un béret rouge savamment incliné.

« *Je suis ici parce que j'aime beaucoup tous les choses françaises. J'ai acheté les* listening tapes *pour étudier.* »

Silence. Dans l'ensemble, nous savions à peine compter jusqu'à dix en français ; nous n'avons pas compris un mot de ce qu'elle venait de dire. Mais M. Thibault a souri avec ravissement. « C'est très bien, Winnie… » Elle n'avait pas terminé. « *Mes parents m'a menée à Las Vegas l'hiver passé et je vu la tour Eiffel, et vraiment c'était l'amour au premier regarder ! Maintenant j'aime tous les choses français – la cuisine, la culture, la cinéma. Quand nous avons assez d'argent nous voulons aller à le vrai Paris. Et, un jour, je veux vivir à France.* »

M. Thibault nous a donné la version condensée : « Winnie est devenue francophile après avoir vu la tour Eiffel. » Puis il a toussoté. « Celle de Las Vegas. »

Et soudain, tout a été comme si je n'avais pas été séparé de Dylan pendant quatre ans, car nous nous sommes regardés et nous avons éclaté de rire ; mais de notre rire spécial, que nous sommes les seuls à entendre.

Nous avons passé le restant de la journée à jouer à des jeux pour faire connaissance. Quand la dernière sonnerie a retenti, Dylan m'a demandé : « Tu veux venir chez moi ? »

Cela me faisait terriblement envie, mais j'avais hâte de savoir comment s'était passée la journée de maman. « Aujourd'hui, je ne peux pas. Demain ?

— Ça marche. »

Nous sommes allés à nos casiers. « Au fait, tu as toujours ton poltergeist ? » À l'époque où j'avais rencontré Dylan, il était convaincu que leur maison était hantée par un esprit frappeur amical mais malicieux, car ses affaires disparaissaient sans cesse. Il l'appelait Bernard.

« Oui ! Il m'a encore piqué une chaussette ce matin ! » J'ai souri. Cela m'enchantait que Dylan croie encore à Bernard.

Nous nous sommes dit au revoir, puis je suis rentré à pied et j'ai frappé à la paroi du Combi avec notre code spécial. Astrid a entrouvert la portière. « Alors, cette rentrée ? »

Je lui ai décrit mon nouveau collège et mes retrouvailles avec Dylan. « C'est fantastique, Félix !

— Et toi, ta journée ? »

Elle a souri. « Ça y est, j'ai un boulot. Dans un café de Kerrisdale, *Du grain à moudre*. J'ai dit que j'avais une grande expérience du service du café, et au fond c'est vrai : je me sers un café tous les matins. »

Nous nous sommes tapé dans la main. « Génial, Astrid !

— Ce n'est pas très bien payé, mais je peux faire beaucoup d'heures, et je garde les pourboires. Ça fera l'affaire en attendant que je trouve mieux, et pendant ce temps on va pouvoir commencer à chercher un logement. J'aurai des références et ma première fiche de paie dans deux semaines. »

Nous avons dignement fêté l'événement. Astrid a réchauffé deux boîtes de chili végétarien sur la gazinière. J'ai donné à Horatio du rab de salade. Nous avons installé nos chaises pliantes dans le parc de l'autre côté de la rue et dégusté notre chili en plein air, avec des carottes crues et du concombre. Pour le dessert, des pommes et un paquet de cookies.

À 22 heures, nous étions au lit, en train de lire à la lumière de nos lampes frontales, lorsqu'on a toqué à la porte du Combi.

Astrid s'est redressée toute droite dans son lit. « Qui est là ?

— Juste un voisin attentif, a fait une voix d'homme. Cela fait deux nuits de suite que vous êtes garés ici. Je me demandais qui vous veniez voir.

— Nos amis, a répondu Astrid d'une voix suave. On dort ici pour ne pas les envahir.

— Je vois. Ils habitent quelle maison ?

— La rose. » Il y avait des maisons roses partout dans le quartier.

« Les Woodbridge ?

— C'est ça.

— D'accord. Je vais passer chez eux pour qu'ils confirment.

— Mais je vous en prie, allez-y. »

J'ai écarté un rideau pour le regarder s'éloigner dans la rue. Ma mère s'est installée au volant. « Désolée, Félix. Il va falloir qu'on se trouve un autre emplacement pour cette nuit. »

L'homme nous a regardés passer à côté de lui.

Astrid lui a montré son majeur.

Je suis allé chez Dylan le lendemain après les cours, même si j'étais crevé. Après que nous avions dégoté un nouvel endroit où garer le Combi, j'avais mis très longtemps à m'apaiser. J'avais dû me réciter toute la liste des États des États-Unis, de l'Alabama au Wyoming, plus tout le tableau périodique des éléments, avant de m'endormir enfin.

J'étais quand même fou de joie en allant à pied chez lui, à cinq rues du collège. Cela faisait longtemps – mais alors vraiment *très* longtemps – que je n'étais pas allé chez un copain, vu que dans mes deux dernières écoles il m'avait manqué l'ingrédient principal pour cela (à savoir : des copains).

La maison des Brinkerhoff était exactement telle que dans mon souvenir. Le porche en bois avait encore l'air affaissé. La peinture jaune fluo s'écaillait. La pelouse était brune et pelée. Des vieux jouets d'enfant traînaient dans le jardin alors que Dylan, le petit dernier, n'avait pas joué avec depuis des années. À l'intérieur, on voyait à peine le plancher tant il était jonché de chaussures, de chaussettes, de pulls et de livres. Les moutons de poussière étaient plus gros qu'Horatio. Dans la cuisine, la pile de vaisselle dans l'évier était identique à celle qui s'y trouvait des années plus tôt. Mes chaussettes collaient légèrement au sol, comme avant.

C'était merveilleux. Tellement plein de vie !

Un énorme chat roux est arrivé tranquillement et s'est frotté contre les jambes de Dylan. « Lui, c'est Craig, m'a-t-il dit en le prenant dans ses bras. Il a deux ans. On l'a eu l'an dernier. » Il m'a tendu le chat et je l'ai pris. Craig a ronronné joyeusement contre moi.

« Houlà ! Il doit bien peser dix kilos !

— Onze. »

Alberta, une des grandes sœurs de Dylan, est arrivée à son tour. Elle non plus n'avait pas changé, avec ses longs cheveux châtains, son strabisme et son exceptionnelle collection de tee-shirts. Celui qu'elle portait disait « CE QUI NE VOUS TUE PAS VOUS REND PLUS FORT. SAUF LES OURS. LES OURS, ÇA TUE À TOUS LES COUPS ».

« Oooh, comme c'est meugnon ! Dylan s'est déjà fait un pitit copain ! » Elle a pris du lait dans le frigo et bu directement dans la brique. « Attends une seconde. Je reconnaîtrais ces tifs n'importe où. Tu es le Blaireau bionique. »

J'ai rougi, juste un peu. « Eh oui, c'est bien moi. Mais je préfère qu'on m'appelle Félix.

— Je me rappelle quand vous couriez partout dans vos pyjamas *Toy Story* avec vos Lego Bionicle, en faisant des bruits de lasers. *Piouuu piouuu piouuu !* Ha-ha-ha-ha-ha-HIII-ha ! » Son rire n'avait pas changé non plus. « Vous étiez adorables. Complètement nazes ! » Elle nous a toisés tous les deux de la tête aux pieds. « Je vois que certaines choses ne changent pas ! Ha-ha-ha-ha-ha-HIII-ha ! » Sur ce, elle nous a versé des verres de lait de la brique dans laquelle elle venait de boire.

J'étais au paradis.

Vous connaissez ce sentiment de comprendre à quel point quelque chose vous a manqué au moment où vous le retrouvez ? C'était l'effet que cela me faisait d'avoir à nouveau un ami. Imaginez que vous avez vu flou pendant longtemps, et que quelqu'un vous donne une paire de lunettes ; alors vous regardez le monde autour de vous et vous dites : « Waouh ! C'est donc ça, tout ce que j'ai raté ! »

Je suis allé chez Dylan presque tous les jours, pendant ces deux premières semaines. Il n'a jamais demandé à venir chez moi. Sa maison était si proche du collège que ça tombait sous le sens. Nous faisions nos devoirs. Il me racontait les derniers tours que lui avait joués Bernard. « Pas plus tard qu'hier ! J'avais laissé le jeu Les Colons de Catane sur la table basse parce que j'avais une partie en cours avec Alberta. Je gagnais. Eh bien, ce matin, toutes les pièces avaient bougé, elles étaient placées comme si c'était *elle* qui gagnait. Je te jure, quel sale tricheur, ce Bernard ! »

Nous mangions, aussi. Beaucoup. Les placards étaient bourrés de paquets de l'hypermarché discount format familial. On atomisait des mini-pizzas et des burritos au micro-ondes pour aller se goinfrer devant la télé. Étant donné que je me nourrissais de boîtes de conserve depuis un mois, c'était carrément top.

Un après-midi, nous sommes tombés sur *Qui, Que, Quoi, Quand ?* « Dans quel classique de la littérature américaine trouve-t-on le personnage de Becky Thatcher ? a demandé Horatio Blass.

— *Les Aventures de Tom Sawyer* ! ai-je crié, trois bonnes secondes avant que les concurrents aient eu le temps de buzzer.

— Comment s'appelait le chien de Hitler ?

— Blondi !

— Qui est le dieu grec du Vin ?

— Dionysos. »

À un moment, j'ai pris conscience qu'Alberta – qui arrivait de la cuisine – et Dylan me regardaient fixement. « Wow, l'intello », a lâché Alberta.

Dylan lui a jeté un coussin en me disant : « T'es fort, Félix. Vraiment, trop fort.

— Encore plus fort que Henry, mon copain, a renchéri Alberta. Et il est dans le club "Que le meilleur gagne" senior de mon bahut.

— Alberta était dans l'équipe junior, mais elle était trop neuneu pour passer en senior », a précisé Dylan.

Alberta lui a relancé le coussin avant de partir.

« Tu devrais t'inscrire à l'émission, m'a suggéré Dylan.

— Je ne peux pas, il faut avoir dix-huit ans. »

Craig a sauté sur le canapé et s'est étalé sur le dos entre nous deux, en ronronnant comme une locomotive.

« Dommage, tu pourrais totalement gagner !

— J'en doute. Mais merci. »

Je partais toujours avant le retour des parents de Dylan. J'aimais bien les Brinkerhoff, et je ne voulais pas avoir à répondre à des questions sur ma mère et sur notre maison, au risque de devoir mentir. Contrairement à une certaine personne de ma connaissance, je mens horriblement mal.

Le travail d'Astrid se passait bien. Parfois, j'allais la rejoindre au café en sortant de chez Dylan et j'y restais jusqu'à la fin de son service. Elle me refilait discrètement un chocolat chaud gratis, et si elle n'était pas trop occupée elle avait des conversations simples en français avec moi. Cela m'aidait, car désormais nous devions ne parler que français en classe. C'était dur pour tout le monde.

Sauf pour Winnie Wu.

Vers la fin de la deuxième semaine, M. Thibault nous a groupés deux par deux et a distribué à chaque groupe un livre illustré. Nous devions le décrire au moyen d'un bref paragraphe rédigé en français.

« Félix, tu te mets avec Winnie. » J'ai failli gémir tout haut. Winnie était la reine des casse-*bonbons*, pour employer le terme français. Elle jacassait sans discontinuer. Ou alors elle posait des questions. Sur tout. « Monsieur, avez-vous déjà mangé des *escargots* ? J'en ai goûté au Paris de Las Vegas. » « Monsieur, quand allons-nous commencer à apprendre le *passé simple* ? » « Monsieur, qui a décidé quels mots étaient féminins, *la*, et quels mots étaient masculins, *le* ? » Elle ne laissait rien passer et avait quelque chose à dire sur tout, dans son français d'une qualité exaspérante. Mon POPO me suggérait qu'elle tapait même sur les nerfs de M. Thibault, de temps en temps. Quand elle posait sa dix-huitième question de la journée, je le voyais inspirer à fond, retenir son souffle pendant quelques secondes, puis exhaler lentement.

Et voilà que je me retrouvais coincé avec elle.

Dylan m'a envoyé un sourire diabolique, exposant toute sa quincaillerie. « Bonne chance, pauvre pigeon ! » a-t-il articulé en silence.

Je me suis installé en face de Winnie. Elle portait un chemisier et une jupe écossaise différents de ceux du premier jour, et son béret était vert. J'ai aussi remarqué qu'elle se tenait impeccablement droite et qu'elle avait les dents blanches et bien alignées, et des lèvres naturellement rouges *qui n'arrêtaient jamais de bouger*.

« Il va falloir creuser sous la surface, m'a-t-elle dit. Exposer les implications plus profondes de la situation de Walter, et de ses maîtres, pendant qu'il traverse cette épreuve particulière. Y aurait-il, par exemple, des tensions sous-jacentes que nous n'aurions pas encore découvertes…

— Ça va pas, la tête ? ai-je éclaté en anglais. C'est *un chien qui pète* ! »

Le livre qui nous avait été assigné était, en effet, *Walter le chien qui pète*.

« Félix, *en français, s'il te plaît* », a dit M. Thibault.

Notre « bref paragraphe » est devenu une copie double. Au moins, nous avons reçu la note maximale. Mais j'ai dit à Dylan que plus jamais je ne retravaillerais avec Winnie.

J'ai fait ce serment un vendredi. Et je l'ai trahi le lundi suivant.

« Le journal du collège cherche des volontaires pour écrire quelques pages en français dans l'édition de septembre, a annoncé M. Thibault le lundi qui marquait le début de notre troisième semaine. C'est un journal mensuel. Cela ne vous rapportera pas de points supplémentaires, mais c'est un excellent moyen de progresser dans la langue. Pour les intéressés, la première réunion aura lieu après les cours en salle 222.

— Je trouve qu'on devrait essayer », m'a confié Dylan à l'heure du déjeuner. Il mangeait un sandwich au jambon. Ses bagues en attrapaient assez pour qu'il puisse s'en faire un goûter.

« Moi aussi. Tu te rappelles le journal qu'on faisait quand on était petits ? *Uranus* !? Tu avais écrit un article intitulé "Des aliens m'ont sondé les fesses !"

— Et toi, “Des Martiens volent les culottes de toute une famille !” »

Ça nous a fait pouffer de rire, et Dylan a projeté des bouts de sandwich un peu partout autour de lui, mais ça ne m’a pas dérangé : entre amis, on ne va pas se formaliser pour un peu de nourriture mâchouillée.

Après les cours, nous nous sommes rendus en salle 222. M. Thibault y était avec le rédacteur en chef du journal, un élève de quatrième qui s’appelait Charlie Tuyen.

« Je crois bien qu’il n’y a que vous, a constaté M. Thibault. On va commencer.

— Merci d’être venus », a commencé à dire Charlie. Mais au même moment, la porte s’est ouverte et une retardataire est entrée.

Winnie.

Elle était dans tous ses états : son béret rouge était de travers. « Pardon pour le retard, a-t-elle dit. Donald a trouvé drôle de me piquer mon béret pour jouer au Frisbee avec. » Donald était dans notre classe, et il avait l’air assez crétin.

Winnie a pris la chaise devant moi pendant que Charlie continuait. « Nous voudrions que le journal ait des éléments en français, principalement pour vous, les élèves en immersion, mais aussi pour les autres qui font du français et qui veulent pratiquer la langue. Vous pouvez écrire sur tout ce que vous voulez. Il nous faut simplement de quoi remplir trois pages. »

Winnie a levé la main.

« Oui ?

— Ça ne sera pas un problème. Pas pour moi, en tout cas. » Ses lèvres rouges ont formé un petit sourire supérieur. Dylan et moi avons échangé un regard et fait semblant de vomir.

« Bon, très bien. On va bientôt boucler le premier numéro, donc si vous pouviez me rendre ça pour le lundi 26… »

Winnie a de nouveau levé la main.

« Oui ?

— Je suppose que vous voulez du lourd ? Des articles sur la politique, la pauvreté, la drogue ?

— Bah, c'est un journal de collège. C'est plutôt censé être léger et distrayant. »

La main de Winnie a aussitôt jailli une fois de plus.

« Tu n'es pas obligée de lever la main à chaque…

— Autrement dit, vous voulez de la presse de caniveau », a-t-elle lâché avec une moue réprobatrice.

M. Thibault a inspiré à fond. Puis exhalé lentement.

« Écoute, tu écris ce que tu veux, a dit Charlie. Moi, je m'en tape. Il me faut juste ton texte pour le 30. Fin de la réunion. »

Charlie et M. Thibault se sont carapatés.

« Allons chez moi, a proposé Dylan pendant que nous nous levions. On pourra continuer à remuer des idées. »

Winnie a alors pivoté vers nous. « Excellente idée. »

Dylan et moi avons échangé un regard qui voulait dire : *eh m…*

Winnie a dû le voir, car sa lèvre inférieure s'est mise à trembler. « Ah, je comprends. Tu ne parlais pas de moi. »

Il y a eu un long silence.

« Viens si tu veux », a fini par souffler Dylan sans aucun enthousiasme. C'était le moment où Winnie était censée piger et répondre « Non non, c'est bon ».

Mais au lieu de ça, ses traits se sont illuminés. « Youpi ! Je vais chercher mon cartable et je reviens. » Elle est sortie en toute hâte. J'ai tourné les yeux vers Dylan. « *Youpi ?*

— *Cartable ?* »

L'après-midi promettait d'être long.

Winnie était tout à fait aussi pénible que ce que nous attendions. Peut-être même plus. D'abord, il y a eu sa tête quand elle est entrée chez Dylan. Ses parfaites lèvres rouges ont formé un petit o d'horreur. Elle a essayé de masquer sa réaction : « C'est très… *charmant.* » Elle a refusé nos offrandes de mini-pizzas et de chips. « Des calories vides. En plus, je pourrais vous énumérer toutes les raisons pour lesquelles il faut boycotter l'huile de palme par égard pour la planète…

— Évite, s'te plaît », a dit Dylan.

Dans le salon, elle a étalé sa veste sur le canapé avant de s'asseoir. D'accord, il était couvert de poils de chat, mais quand même.

« Alors. On balance les idées qui nous passent par la tête ? » a demandé Dylan.

Winnie a sorti un carnet relié de cuir et un stylo. « Je prendrai les minutes.

— Et moi les heures, ai-je dit, la bouche pleine de mini-pizzas.

— Et moi les secondes », a ajouté Dylan en se fourrant une poignée de chips dans le bec. Deux de nous trois ont pouffé de rire.

« Je pourrais faire une grille de mots croisés, ai-je proposé. Et peut-être un article genre "Le saviez-vous ?" sur la France, avec par exemple des inventions françaises ou des grands moments de l'histoire.

— Super idée », a approuvé Dylan.

Winnie a tapoté son carnet avec son stylo. « Mais où est l'audace ? Où est la rigueur journalistique ?

— J'ai trouvé ! a lancé Dylan sans l'écouter. Je pourrais écrire un truc sur les poltergeists !

— Parfait ! »

Winnie a plissé le nez. « Et pourquoi les poltergeists ?

— Parce qu'ils sont cool et intéressants. Parce que j'en ai un chez moi.

— Pfff ! Ça n'existe pas, les poltergeists !

— Qu'est-ce que tu en sais ? » ai-je demandé, poussé par le réflexe de défendre Dylan. J'avais ma théorie à propos de Bernard, mais j'avais la sagesse de la garder pour moi.

« Il suffit d'avoir un cerveau pour savoir que les fantômes n'existent pas. »

Dylan s'est étranglé d'indignation. Il a indiqué la croix qu'elle portait autour du cou. « Tu crois en Dieu ?

— Tout à fait.

— Alors où est la différence ? Tu l'as vu, Dieu ?

— Et toi, tu l'as vu, ton poltergeist ?

— Non, mais j'ai des preuves. Il me fait tout le temps des farces. Mais il veille aussi sur nous. Par exemple, l'autre jour, ma mère a glissé dans l'escalier, eh bien, une force invisible l'a empêchée de tomber. »

Winnie a ouvert la bouche pour argumenter, mais s'est ravisée. « Très bien. Je vois qu'il n'y a pas moyen de discuter avec vous. Continuez avec votre pseudo-journalisme de caniveau. Moi, je vais écrire un article d'investigation sur l'amiante. Le collège a été construit il y a longtemps, ce qui veut dire qu'il y en a sûrement dans tous les coins. »

Dylan m'a regardé. « Ça a l'air super, a-t-il commenté.

— Super soûlant », ai-je ajouté.

Une fois de plus, nous n'avons été que deux à rire.

Plus le mois de septembre avançait et plus il commençait à faire frisquet, surtout la nuit. C'est une chose dont on prend une conscience aiguë quand on vit dans un Combi Volkswagen.

Mais nous nous adaptions. Comme Astrid aime à le dire, à bord d'un Westfalia, on apprend à devenir débrouillard. « La débrouillardise, Félix, c'est une qualité très utile dans la vie. »

Et débrouillards, nous le sommes. Prenez le Wi-Fi : quand nous en avons besoin, nous allons dans un café, ou bien nous trouvons un réseau non sécurisé. Quand quelque chose a besoin d'être rechargé – un téléphone, ou des batteries pour nos frontales –, nous le branchons par exemple à la laverie automatique. Parfois, nous trouvons une prise à l'extérieur d'une maison vide. Dans l'ouest de Vancouver, il y a beaucoup de grandes maisons neuves dans lesquelles personne ne vit – Astrid dit que c'est de l'« immobilier d'investissement ». C'est un de ses dadas. « Notre ville est en train de devenir un terrain de jeux pour les riches. D'énormes maisons vides, alors que tant de gens ont du mal à se loger. Nos élus devraient avoir honte », s'énerve-t-elle. Encore et encore et encore et encore.

Astrid est très douée pour repérer les maisons vides. « Stores baissés : OK. Lumières qui s'allument à la même heure tous les soirs : OK. Boîte à lettres bourrée de prospectus : OK. Arrosage automatique allumé même s'il pleut à verse (au mépris de la préservation de l'eau) : OK. » C'est étonnamment facile de se garer devant une de ces maisons à la tombée de la nuit et d'utiliser son électricité. Nous en profitons pour faire le plein d'eau avec le tuyau d'arrosage. Nous ne sommes jamais entrés par effraction chez personne, sauf si on compte…

Mais une fois de plus, je vais trop vite.

Nous sommes débrouillards aussi en ce qui concerne la nourriture. La cuisine d'un Combi Volkswagen est minuscule. La gazinière de poupée ne permet pas de préparer des repas compliqués, et nous ne pouvons pas conserver grand-chose dans le tout petit frigo, si bien que nous faisons une grande consommation de boîtes de conserve. Soupe de pois cassés, chili végétarien… ma mère me laisse même manger des raviolis en boîte de temps en temps, bien qu'elle les considère comme des « déchets toxiques ».

Mais soyons clairs : je ne souffre pas de malnutrition ; du moins, pas trop. Je ne pense pas avoir le scorbut ni des carences en vitamines ou rien de ce genre. Nous faisons les courses dans une chaîne de supermarchés discount où on peut récupérer pour pas cher les produits frais qu'ils s'apprêtent à jeter. Et une fois de temps en temps, ma mère…

Mais me voilà qui m'avance encore. Je ne vais pas mentir : il y a des aspects de la vie dans un Combi auxquels on ne se fait pas. Ne pas avoir de toilettes, notamment. Ça me manque plus que tout. Nous essayons toujours de nous installer pour la nuit non loin de toilettes publiques. Nous faisons nos besoins dans les cafés, ou dans les McDo, qui sont très bien équipés. Nous faisons une toilette de chat dans les lavabos. Deux fois par semaine, nous allons au gymnase municipal prendre une bonne douche.

Nous faisons de notre mieux. Mais quand même. Je donnerais n'importe quoi pour avoir des toilettes à moi.

Il y a aussi le manque d'intimité. Être à deux dans un espace aussi réduit… je mets au défi n'importe qui d'essayer sans avoir les nerfs en pelote de temps en temps. Et ça n'aide pas que ma mère ronfle parfois comme un sonneur, même si elle nie en bloc.

Sans compter qu'il y a certaines choses auxquelles un garçon de presque treize ans aimerait s'adonner de temps en temps, des choses *intimes et très personnelles*, impossibles à faire quand votre mère dort à moins d'un mètre de vous. Je n'en dirai pas plus sur le sujet.

Mais en septembre, convaincus que notre mode de vie était temporaire, nous prenions notre mal en patience. Ma mère déplaçait le Combi tous les deux ou trois soirs pour que nous n'attirions pas les soupçons. J'ai attaché Mel sur le tableau de bord pour qu'il veille sur nous. Les jours où nous ne pouvions pas nous doucher au gymnase municipal, j'allais au collège tôt et je m'enfermais dans les toilettes pour handicapés, qui sont spacieuses et tranquilles. Je gardais dans mon casier une petite trousse de toilette avec savon et déodorant, brosse à dents et dentifrice. Je retirais mon tee-shirt et je me frottais énergiquement les aisselles. Je me débarbouillais la figure, me brossais les dents et me donnais un coup de peigne. Et chaque fois que j'étais chez Dylan, j'en profitais pour faire la grosse commission.

Je me répétais que ce n'était pas dégoûtant. C'était *de la débrouillardise*.

Puis est arrivé le jour où j'ai dit à mes amis mon premier mensonge « inoffensif ». C'était un vendredi, et comme nos articles étaient pour le lundi suivant, nous avons convenu de nous retrouver pendant le week-end pour les dernières corrections. « On ne peut pas aller chez moi, a annoncé Dylan. On a de la famille qui débarque. » Il m'a regardé. « On peut faire ça chez toi ?

— C'est loin, chez moi.

— Ce n'est pas grave, est intervenue Winnie. On peut prendre le bus. »

J'ai ouvert et refermé la bouche. Puis je me suis entendu dire : « Ma mère a une gastro. Vomi, diarrhée… la totale. »

La bouche de Winnie a formé son petit o d'horreur. « Alors vous pouvez venir chez moi », a-t-elle proposé. Puis elle m'a regardé avec sévérité. « Tu n'es pas contagieux, au moins ? Si oui, je te tue. »

Dylan et moi nous sommes rendus chez elle en bus le samedi. C'était un immeuble tout neuf de huit étages, au coin de Fir Street et de la 7e Avenue. Il y avait un interphone.

« Retirez vos chaussures », a-t-elle chuchoté en nous ouvrant sa porte. Elle nous a emmenés dans un étroit couloir qui menait à un petit salon. On aurait dit un catalogue Ikea, en moins bien rangé. Des portes-fenêtres coulissantes permettaient de sortir sur un balcon avec vue sur l'océan et sur les montagnes de North Shore. Un joli oiseau en jade était posé sur le manteau de la cheminée à gaz. « Asseyez-vous, nous a-t-elle dit tout bas.

— Pourquoi tu parles tout bas ? ai-je demandé tout bas en prenant une moitié de la banquette tandis que Dylan prenait l'autre.

— Ma mère dort. Elle est sage-femme. Elle a mis au monde deux bébés cette nuit. » Winnie nous disait cela avec fierté. « Papa est infirmier. Ils se sont rencontrés pendant une césarienne il y a quinze ans. Papa a aidé maman à sortir le bébé. C'est trop romantique, non ? »

Dylan a fait la grimace. « Trop dégueu, oui ! »

Nous avons relu une dernière fois nos articles en nous disputant tout bas. « Ton texte est débile, m'a dit Winnie.

— Le tien, on s'endort en le lisant. »

Elle n'a pas tenu compte de nos commentaires et nous n'avons pas tenu compte des siens. Nous l'avons quand même laissée corriger nos fautes d'orthographe et de grammaire, qui étaient nombreuses.

M. Wu est arrivé alors que nous étions en train de terminer. Il était grand et mince, avec un sourire agréable. Ses bras étaient chargés de sacs de supermarché. « Tes amis veulent déjeuner ? a-t-il demandé, lui aussi à voix basse. Je viens de faire les courses. »

En réponse, mon estomac a émis un gargouillement sonore. Pour le petit déjeuner, Astrid et moi avions mangé des beignets de la veille qu'elle avait rapportés du boulot, mais cela remontait déjà à plusieurs heures.

Winnie s'est levée d'un bond. « Je peux faire des sandwichs avec mon pain maison. »

Dix minutes plus tard, nous étions tassés tous les quatre dans la cuisine exiguë, qui était quand même vingt fois plus grande que celle du Combi. Winnie a distribué des sandwichs au fromage. « C'est vraiment toi qui as fait le pain ? » ai-je demandé. Il avait l'air succulent.

Elle a fait oui de la tête. « Je m'y suis mise l'an dernier, après avoir lu un article sur tous les conservateurs qu'il y a dans le pain qu'on achète. Celui-ci est sans gluten, fait avec du quinoa et des graines de chia. »

J'ai pris une grosse bouchée et commencé à mâcher. Il m'a fallu toute ma volonté pour ne pas recracher. Le pain avait un goût de sciure de bois et la consistance de l'écorce. J'ai vu à la tête de Dylan qu'il luttait, lui aussi.

Winnie a tendu l'assiette de sandwichs à son père. « Tu es sûr que tu n'en veux pas ? »

Il s'est tapoté le ventre. « J'aimerais bien, mais j'ai pris mon petit déjeuner tard et je suis encore rassasié. Chérie, tu veux bien aller me chercher mon verre d'eau ? Je l'ai laissé dans l'autre pièce. »

Aussitôt qu'elle est sortie, il nous a fait signe. « Vite. Retirez le fromage et passez-moi le pain. » Nous avons englouti les tranches de fromage pendant qu'il jetait le pain à la poubelle, en veillant bien à le recouvrir d'autres ordures. Quand Winnie est revenue, il a dit un mensonge « pour la paix des ménages ».

« Tes copains sont de vrais morfals ! Je leur prépare un deuxième déjeuner. » Il a entrepris de vider ses sacs de courses. « Des brioches vapeur au porc, ça vous dit ?

— *Bà*, qu'est-ce que je t'ai dit à propos du porc ? l'a sermonné sa fille.

— Une fois de temps en temps, il me faut ma dose », a-t-il protesté.

J'en ai mangé quatre. C'était un délice.

M. Wu semblait être un très bon papa.

Avant de repartir avec Dylan, je suis allé aux toilettes. Elles étaient blanches et propres et sentaient la lavande. Il y avait même un siège chauffant.

J'y suis resté longtemps, à me réchauffer les fesses. Et soudain, sans crier gare, des larmes sont venues me piquer les yeux.

Je rêvais de toilettes. Et de voir mon père.

Le premier numéro du *Clairon de Blenheim* est sorti le mercredi. M. Thibault nous a laissé le temps de le lire avant le déjeuner. Il faisait huit pages, avec les trois pages en français à la fin. Mon article venait en premier. Je vais essayer de le retranscrire de mémoire. Il disait grosso modo ceci :

LA FRANCE ÉTONNANTE, PREMIÈRE PARTIE
Par Félix Knutsson

Les Français ont inventé beaucoup de choses : l'écriture en braille, la pasteurisation, la montgolfière… Mais je vais vous parler d'une invention plus sanglante : la guillotine.

C'est un médecin appelé Joseph Ignace Guillotin qui l'inventa, à la fin du XVIIIe siècle. Il a fabriqué la guillotine parce que c'était mieux que l'épée ou la hache pour tuer les gens. Il a été très triste qu'on donne son nom à son invention. La guillotine a coupé des dizaines de milliers de têtes. Les exécutions étaient de grands événements publics. Les gens apportaient un pique-nique et achetaient un programme avec les noms des condamnés. La guillotine a coupé la tête de Louis XVI et de Marie-Antoinette à la fin de la Révolution française. Elle a servi pour la dernière fois en 1977...

Et ainsi de suite. L'article de Dylan venait juste après.

LES POLTERGEISTS : FICTION OU RÉALITÉ ?
Par Dylan Brinkerhoff

Poltergeist signifie « fantôme bruyant » en allemand. Les poltergeists sont différents des fantômes normaux car ils peuvent déplacer et même jeter des objets. Certaines personnes pensent qu'ils sont méchants, et c'est peut-être vrai pour certains poltergeists, mais pas pour celui qui vit chez nous. Oui, vous avez bien lu : nous avons un poltergeist à la maison. Il s'appelle Bernard. Parfois il est un peu casse-pieds, mais je crois qu'il aime faire partie de la famille. À sa manière, je pense qu'il nous protège...

Et cætera. Dylan et moi avions dû chercher beaucoup de mots dans le dictionnaire et nous en tenir à une syntaxe simple, parce que notre maîtrise du français restait limitée. Ma petite grille de mots croisés occupait la deuxième page.

L'article de Winnie venait en dernier. Il était si long que Charlie avait dû le maquetter en simple interligne pour qu'il rentre.

TOUT CE QUE VOUS DEVEZ SAVOIR SUR L'AMIANTE ET LE MÉSOTHÉLIOME
Par Winnie Wu

Le mésothéliome est une tumeur cancéreuse qui démarre dans les cellules du *mésothélium*. Qu'est-ce que le mésothélium ? me demanderez-vous. Eh bien, c'est une membrane qui protège beaucoup de nos organes internes. Celle qui protège nos poumons s'appelle la *plèvre*. En fait, elle comprend deux couches : la couche interne s'appelle la *plèvre viscérale* et la couche externe la *plèvre pariétale*. En tout cas, elles sont faites de cellules. Ces cellules sont les cellules *mésothéliales*. Et parfois, elles se rebiffent ! Elles changent et peuvent se transformer en cellules cancéreuses. Pourquoi ? Eh bien, devinez quoi : le coupable est souvent l'AMIANTE. Les fibres d'amiante sont très fines. Et quand une personne les respire, elles peuvent s'infiltrer dans... oui, vous avez deviné, dans le *mésothélium*. Le lien entre l'amiante et le mésothéliome est connu depuis des années et beaucoup de gens en meurent, et même si l'amiante est désormais interdit au Canada, nous en exportons vers d'autres pays, ce qui, à notre humble avis, est immoral et déplorable. Mais aussi – *attention, scoop* – il y en a encore dans les murs de nombreux bâtiments anciens, y compris – *attention, re-scoop* – notre collège...

Le texte s'étirait à n'en plus finir, avec de grands mots que seuls M. Thibault et elle pouvaient comprendre.

Lorsque la sonnerie du déjeuner a retenti, un certain nombre d'élèves sont venus nous voir, Dylan et moi, pour nous dire que nos articles leur avaient plu et qu'ils avaient réussi à les lire. Une fille, Sophie, s'est lancée dans une grande conversation sur le paranormal avec Dylan. « Parfois, ma grand-mère vient s'asseoir sur mon lit en pleine nuit, alors qu'elle est morte il y a cinq ans ! » l'ai-je entendue dire.

En revanche, personne n'a dit un mot à Winnie, sauf Donald. « Mortel, ton article ! a-t-il lancé en passant devant son bureau. Mortel d'ennui ! » Son pote Vlad et lui ont éclaté de rire.

Winnie est sortie de la classe la tête basse. Sophie et Dylan étant passés à la question du spiritisme, j'ai dit à ce dernier que je le retrouverais au self.

Winnie était toute seule, en train de grignoter un sandwich à l'œuf dur et aux graines germées. Comme elle me faisait un peu pitié, je me suis assis à sa table. « J'ai trouvé ton article très instructif », lui ai-je dit. Pour ma plus grande horreur, ses yeux se sont emplis de larmes. « Houlà ! Ne pleure pas…

— L'an dernier, on m'a diagnostiqué une dyscalculie…

— Oh, c'est… c'est affreux. C'est une maladie mortelle ? »

Elle m'a foudroyé du regard. « Quoi ? Mais non, andouille. C'est comme la dyslexie, mais pour les maths. Je voulais faire des maths intensives dans un institut Kumon, mais je n'ai pas été prise ! Et l'année d'avant, on m'a demandé de ne pas me réinscrire en danse classique parce que j'étais trop maladroite. » Elle s'est mouchée dans un Kleenex. « Tu me prends pour une petite Mademoiselle Parfaite…

— Non, non, pas du tout…

— Mais ce n'est pas moi, ça. Il y a plein de domaines dans lesquels je suis nulle. Et je… j'ai pensé que mon truc, c'était le journalisme, tu vois. Je pensais que ce serait le domaine dans lequel je pourrais briller. En dehors des langues, je veux dire.

— Allez, quoi, Winnie. C'est juste un article.

— Un article sur un sujet très grave. Qui n'intéresse personne. » Elle a soupiré. « Les gens ne veulent plus penser. Ils ne veulent rien lire d'important.

— Peut-être que tu devrais juste être un peu plus accrocheuse. Je ne sais pas, par exemple, si le titre avait été "Votre collège est-il en train de vous tuer ?" Et la prochaine fois, tu pourrais penser à simplifier un peu. Tu as noyé tes lecteurs sous un tas de grands mots. Même en anglais, ça n'aurait pas été facile à suivre. »

Elle a cessé de pleurer. « Autrement dit, tu veux que je m'abaisse à faire du nivellement par le bas. » Sa voix était glaciale.

« Du niv… quoi ? »

Elle s'est levée en posant les deux mains à plat sur la table. « Je refuse de participer à l'abêtissement de l'Amérique du Nord ! »

Sur ce, elle a pris son sandwich immonde et elle est partie de manière théâtrale, dans sa jupe écossaise. Je ne la plaignais plus du tout.

Après les cours, je ne suis pas allé chez Dylan, pour une fois. J'ai préféré faire le chemin à pied jusqu'à *Du grain à moudre* avec le journal du collège sous le bras. La clochette de la porte a tinté quand je suis entré. Les murs étaient peints d'un jaune vif qui rendait l'endroit chaleureux et accueillant. Astrid m'a fait signe ; elle était derrière le comptoir, en train de préparer un café sophistiqué pour un client. J'ai posé le journal à côté du percolateur. « C'est bien ce que je crois ? » m'a-t-elle demandé.

J'ai acquiescé sans rien dire. Elle a arrêté tout ce qu'elle faisait pour se mettre à lire.

Au bout d'un petit moment, le client s'est raclé la gorge. Astrid a brandi le journal dans sa direction. « Mon fils est un journaliste publié ! » Puis elle a complètement abandonné le percolateur et contourné le comptoir pour venir m'embrasser. « Je suis très fière de toi, Félix. Ton article est excellent. »

Le client s'est de nouveau raclé la gorge, avec une certaine insistance. Astrid a levé les yeux au ciel. « Il y a des gens qui feraient bien de se mettre à la méditation », a-t-elle dit, assez fort pour qu'il l'entende. Elle a fini de lui préparer son café. Quand il est parti en grommelant, nous nous sommes retrouvés seuls tous les deux. « Je vais te faire un chocolat chaud avec supplément de chantilly. Car j'ai une bonne nouvelle, moi aussi », m'a-t-elle annoncé.

Mon cœur a fait un petit bond dans ma poitrine. « C'est au sujet de l'appart qu'on a vu ? » Le dimanche, nous avions visité un appartement à louer qui nous avait beaucoup plu. Il était en « rez-de-jardin » (une manière chic de dire « à moitié enterré »), mais il était propre et avait beaucoup de fenêtres, et en plus il était proche du collège.

« Eh oui ! Le proprio a appelé pour dire qu'il était pour nous si on le voulait. Il n'a plus qu'à appeler mon boss pour lui demander des références. Dans une semaine, je pourrai lui montrer ma feuille de paie. »

Puisque l'heure était aux réjouissances, Astrid m'a laissé manger des raviolis en boîte quand nous sommes rentrés au Combi. Et pour le dessert, nous avons partagé des barres de céréales chocolatées de la veille, rapportées du café. Comme Horatio adorait les céréales, je lui en ai donné autant qu'il voulait. Astrid et moi étions fous de joie à l'idée d'avoir retrouvé un chez-nous, et une fois au lit nous avons parlé de ce qui nous faisait le plus envie. « Une baignoire ! a-t-elle dit.

— Des toilettes. »

Et aussi : ne plus avoir à mentir, ai-je pensé. Ça ne me plaisait pas de dire des bobards à Dylan et à Winnie. Bientôt, je pourrais les inviter chez moi tant que je voudrais.

Une fois ma frontale éteinte, je ne me suis récité dans ma tête que la moitié des Prix Nobel de la paix avant de tomber dans un sommeil profond et ininterrompu.

Je suis allé chez Dylan le lendemain après les cours, et il était près de 18 heures quand j'ai regagné le Combi. Comme Astrid ne rentrait pas avant 18 h 30, je suis entré avec ma clé.

Je l’ai trouvée pelotonnée sur la banquette arrière, emmitouflée dans son sac de couchage. « Astrid ? » Elle n’a pas répondu. « Je croyais que tu travaillais jusqu’à six heures.

— Je devais, oui », a fait sa voix étouffée par le duvet.

Oh, non. Mon POPO me soufflait qu’une catastrophe m’attendait. « Qu’est-ce qui s’est passé ?

— Mon boss a lu sur Internet des commentaires de clients qui se plaignaient d’une “nouvelle serveuse odieuse”. Je lui ai dit que ce n’était pas mon boulot d’être gentille avec des connards. Il m’a répondu que si. Et il m’a virée. »

Soudain, mon corps entier s’est couvert de sueur. « Et l’appartement, alors ?

— Le proprio a appelé le café pour demander des références cinq minutes après.

— Ah.

— Pardon, Félix. Je suis désolée, vraiment. »

J’ai refermé la portière contre la pluie. Je me suis assis à côté de ma mère et je lui ai frotté le dos. Puis j’ai sorti Horatio de sa cage et je l’ai tenu contre moi. Ses moustaches me chatouillaient la figure.

En relevant la tête, j’ai vu Mel sur le tableau de bord. J’aurais pu jurer qu’il regardait droit vers moi.

Nous n’étions pas encore sortis du Westfalia. Pas encore.

OCTOBRE

Avant de continuer, il vaudrait mieux que je vous explique l'origine de mon nom. Sur mon acte de naissance, je suis Félix Fredrik Knutsson. Fredrik était le prénom de mon *morfar*, mon grand-père. Il est mort avant ma naissance. À entendre les histoires de Mormor, c'était un saint. Mais Astrid dit que sa mère faisait « du révisionnisme ».

« Alors pourquoi tu m'as donné son prénom ?

— Je n'ai jamais fait ça. Je t'ai donné le prénom d'Eugène Fredrik Jansson, mon peintre suédois préféré. Ta *mormor* a simplement supposé que je t'avais légué le nom de mon père, et je l'ai laissée y croire parce que ça a fait passer le fait que ton premier prénom soit Félix. »

Ma mère m'a prénommé ainsi en souvenir de son grand frère. C'est un mot latin qui signifie « chanceux » ou « couronné de succès ». Le Félix d'origine n'était ni l'un ni l'autre.

Astrid m'a beaucoup parlé de lui. Ils étaient très proches. Il avait deux ans de plus qu'elle. Elle l'adorait, et c'était réciproque. Félix était beau, drôle, charmant, et la protégeait depuis tout petit.

Car Fredrik était un papa méchant. Il était très religieux, mais pas dans le genre « aimez-vous les uns les autres ». C'était plutôt un religieux de l'école « œil pour œil, dent pour dent ». Chaque fois que le Félix d'origine ou qu'Astrid faisait une bêtise, il sortait le ceinturon. Comme Félix ne supportait pas de voir Astrid recevoir des coups, il se dénonçait à sa place. Et il tâtait souvent du ceinturon.

À l'âge de seize ans, le Félix d'origine a annoncé à ses parents qu'il était gay. Astrid pense que Mormor aurait voulu se montrer compréhensive, car elle aimait Félix. Mais leur père considérait l'homosexualité comme un péché, et il l'a viré de la maison.

Le Félix d'origine était un garçon intelligent et plein de ressources, d'après ma mère. Mais il n'avait que seize ans. Il a dû gagner de l'argent pour se payer une chambre dans un immeuble déglingué d'un quartier pourri de Vancouver. Il travaillait à temps partiel dans un Burger King, mais c'était payé une misère. Alors il a fait d'autres choses pour gagner plus, des choses qui lui faisaient honte et le mettaient parfois en danger.

Il s'est mis à se droguer. Astrid allait le voir chaque fois qu'elle le pouvait. Elle voyait bien qu'il était en train de sombrer, et elle a essayé de lui trouver de l'aide. Mais j'imagine que beaucoup de gens ont besoin d'aide à Vancouver, et qu'il n'y a pas assez de monde pour les aider.

C'est elle qui l'a trouvé. Comme elle était sans nouvelles depuis quelques jours, elle s'est rendue chez lui. Il n'a pas ouvert quand elle a frappé. Elle a demandé à un voisin de l'aider à forcer la porte. Le médecin légiste a dit qu'il était mort d'une overdose accidentelle.

Astrid dit que son père a pleuré à chaudes larmes à l'enterrement, et que ça lui a donné envie de lui arracher les yeux à mains nues.

Aidé par mon POPO, j'ai élaboré une théorie, et cette théorie est que je ne suis pas sûr que ma mère se soit jamais complètement remise de la mort du Félix d'origine. Bien sûr, je ne l'ai connue que dans la période PFO (post-Félix d'origine). Mais c'est quelque chose dans sa façon de parler de lui, son expression quand elle le fait. Je crois que cela a détruit quelque chose en elle. Je pense que c'est pour ça qu'elle a une ordonnance pour des antidépresseurs.

Elle aime à dire que le jour de ma naissance a été le plus beau jour de sa vie. Et qu'elle m'a donné le prénom de son frère pour continuer de faire vivre son souvenir. Je crois que c'est pour ça qu'elle aime que je l'appelle Astrid plutôt que « maman », parce que c'est ainsi que l'appelait le Félix d'origine.

Je sais qu'il y a des gens qui trouvent ça bizarre. Je me rappelle d'autres parents, dans la cour de l'école, qui me croyaient précoce parce que je l'appelais Astrid. Mais quand ils apprenaient que c'était elle qui le voulait, ils la regardaient comme si c'était elle, le phénomène de foire.

Je cherche simplement à donner un peu de contexte avant de parler des Marasmes d'Astrid. C'est elle qui les appelle comme ça. Des *Marasmes*. Elle en a de temps à autre depuis des années, mais généralement ils ne durent pas très longtemps – quelques jours, au maximum. Pendant un Marasme, elle reste au lit et je me charge de tout. C'était Mormor qui prenait le relais quand elle vivait encore, mais ensuite ça m'est retombé dessus.

La première fois que j'ai pris les choses en main, j'avais huit ans. Je ne sais pas quelle était la cause de ce Marasme-là. Peut-être l'approche de l'anniversaire de la mort du Félix d'origine. Un matin, simplement, elle ne s'est pas levée. Je me suis donc débrouillé tout seul pour aller à l'école et pour rentrer, et je nous ai préparé à chacun un sandwich confiture-beurre de cacahuètes pour le dîner. Je suis même allé me coucher à l'heure, mais je ne me suis pas brossé les dents.

Le troisième jour de ce Marasme-là, la maîtresse m'a demandé si tout allait bien à la maison. J'ai dit que oui. « Tu portes les mêmes vêtements depuis le début de la semaine », m'a-t-elle fait remarquer. Le lendemain, je me suis changé. Mais une maman a appelé la mienne pour lui dire qu'elle m'avait encore vu rentrer à pied tout seul, et elle l'a démolie. Astrid a grommelé quelque chose à propos de ces « parents hyperprotecteurs qui se mêlent de tout », mais le jour suivant, elle a réussi à sortir de son lit pour m'accompagner à l'école. « La dernière chose dont on ait besoin, c'est qu'une mouche du coche appelle la def. »

Je crois que c'est la première fois que j'ai entendu parler de la def.

Je ne vous cache pas que j'ai eu peur, les premières fois qu'Astrid a eu des Marasmes et que j'ai dû prendre le relais. Mais après, j'ai fait des progrès. Je savais que je devais patienter quelques jours, voire une semaine, pas plus. Astrid m'assurait qu'elle allait bien, qu'il fallait juste qu'elle surmonte cette mauvaise passe, et en effet elle y arrivait toujours.

Elle y arrive toujours.

OK ?

Elle y arrive toujours.

Quand Astrid m'a annoncé qu'elle s'était fait renvoyer, ça m'a mis en colère. En colère contre son patron. En colère contre le propriétaire qui avait appelé au pire moment. Mais surtout, contre Astrid. « Tout ce que tu avais à faire, c'était la fermer et faire ton boulot ! » avais-je envie de lui crier.

Mais je ne l'ai pas fait. C'est difficile de s'énerver contre une bosse sous les couvertures. Cette nuit-là, j'ai à peine fermé l'œil. J'ai essayé de faire des listes, mais je n'arrivais pas à me concentrer. Mes pensées dérivaient vers des lieux inhabituels. Je ne pouvais pas m'empêcher de penser que nous avions fâché notre *tomte*. Je me rappelais tout ce que Mormor m'avait raconté sur les *tomtar*. Ils étaient censés faire de leur mieux pour préserver leur famille du malheur, mais ils prenaient facilement la mouche. Et si je n'avais pas assez pris soin de Mel ? S'il s'était vexé en entendant Astrid dire qu'elle le trouvait sinistre ? Ou s'il en avait assez de vivre sur le tableau de bord d'un Combi Volkswagen ?

Je sais que j'ai quand même fini par m'endormir, car j'ai fait un rêve merveilleux. J'étais dans la maison de Mormor. Elle et moi étions sur le canapé, en train de regarder *Qui, Que, Quoi, Quand ?* en mangeant des boulettes de pâte de *pepparkakor*. Je m'appuyais contre elle et fermais les yeux. Une alarme de voiture se mettait à hurler dehors.

À force, l'alarme a fini par me tirer de mon sommeil. J'ai attrapé mon téléphone, encore groggy.

Il était presque 9 heures.

Je me suis redressé si brusquement que je me suis cogné la tête contre le plafond. « Pourquoi tu n'as pas réglé le réveil ? » ai-je crié, de nouveau furieux.

J'ai regardé en bas. Ma mère était encore réduite à une bosse sous un duvet.

« Allez, Astrid, ai-je dit d'une voix radoucie. Il faut que tu te lèves. J'ai besoin de place pour m'habiller.

— Rrrmpff. »

Je suis descendu de mon lit et j'ai soulevé le duvet de sa figure. « Sérieux. Je suis déjà en retard.

— Pardon, Félix. Je suis crevée. » Quand elle est en plein Marasme, son visage entier se vide de toute vie, comme après une anesthésie chez le dentiste. Et sa voix devient monocorde comme si elle était droguée.

Mes vêtements propres se trouvaient dans une niche que je ne pouvais atteindre que si son lit était replié. J'ai donc pris mon jean et mon tee-shirt à rayures de la veille. Je me suis extirpé de mon pyjama en me tortillant sur le siège avant, après avoir vérifié qu'il n'y avait pas de passants, et je me suis habillé. Puis j'ai nourri Horatio et je l'ai embrassé sur la tête avant de sauter du Combi. « Et essaie de te lever aujourd'hui ! » ai-je lancé à ma mère en refermant la portière.

J'ai fait tout le trajet vers le collège en courant.

« Félix, comme c'est gentil d'être venu », a dit M. Thibault en français quand je suis entré en classe avec une demi-heure de retard. J'étais poisseux de sueur de sommeil et d'avoir couru.

« *Je m'excuse.* » Je me suis assis à côté de Dylan.

Au bout de quelques minutes, Donald, qui était devant moi, s'est retourné en se pinçant le nez. « Pouah, mec ! Tu schlingues ! » m'a-t-il soufflé.

Je me suis senti rougir jusqu'à la racine des cheveux. J'ai jeté un coup d'œil à Dylan, qui a haussé les épaules sans rien dire. Il m'a glissé un petit mot.

C'est un abruti, mais il n'a pas tort.
Et ta chemise est à l'envers.

J'ai levé la main et demandé à sortir. « Mais tu viens d'arriver », m'a fait remarquer M. Thibault. Cependant, il m'a donné l'autorisation. Je suis allé chercher ma trousse de toilette dans mon casier.

Comme les toilettes pour handicapés étaient occupées, je suis allé dans les normales. Heureusement pour moi, elles étaient désertes. J'ai retiré ma chemise et je me suis énergiquement savonné les aisselles dans le lavabo. Puis j'ai passé une serviette humide dans mon slip pour mettre un coup de propre là aussi.

La porte s'est ouverte et un petit est entré. Il est resté cloué sur place, à me fixer.

J'ai décidé d'assumer. Je l'ai regardé droit dans les yeux, la serviette humide encore coincée dans la braguette. Il est sorti à reculons.

Je me suis séché puis j'ai aspergé mes aisselles de déodorant, ainsi que l'intérieur de ma chemise pour faire bonne mesure, avant de la remettre, à l'endroit cette fois. Et je suis reparti en classe.

Quelques minutes plus tard, Dylan m'a glissé un autre mot.

Nickel ☺

À midi, Dylan et moi avons trouvé une table vers le fond du self. Il a sorti de son sac un club-sandwich à trois étages et s'est mis à manger.

Mon ventre a gargouillé. Je n'avais pas pris de petit déjeuner. Je n'avais rien apporté pour le déjeuner. Et je n'avais pas d'argent.

Winnie s'est jointe à nous sans nous demander si elle dérangeait. Elle était en train d'essuyer son béret noir, qui était couvert de poussière.

« Qu'est-ce qui s'est passé ?

— Donald a encore joué au Frisbee avec. » Elle a posé un petit sac en toile sur la table et entrepris d'étaler sa nourriture : deux sandwichs aux œufs durs avec son pain maison, une pomme, une banane, un yaourt, quelques cubes de fromage et une pâtisserie ronde, assez grosse. « Félix, je te trouve l'air un peu tourneboulé aujourd'hui, a-t-elle dit en attaquant son sandwich. *Tourneboulé* signifie…

— Je sais ce que ça veut dire, merci. » Mon estomac a émis un grondement étonnamment sonore.

« Où est ton déjeuner ?

— Je l'ai oublié. »

Elle a poussé un de ses sandwichs vers moi. « Tiens, mange. C'est du pain d'épeautre.

— Hum. Merci. » Quand on est un mendiant, on ne fait pas le difficile. J'ai pris une bouchée prudente. Et mâché.

Et mâché. Dylan m'a envoyé un regard de compassion et m'a donné un Babybel, que j'ai dévoré.

Une fois que je suis venu à bout du sandwich, Winnie a coupé sa pâtisserie en plusieurs morceaux avec un couteau de la cafétéria et nous a tendu une part à chacun. « Goûtez, c'est un gâteau de lune. Mes parents en achètent toujours pendant la fête de la Lune. Pas hyper diététique, mais trop bon. Des jaunes d'œuf salés dans de la pâte de haricots rouges.

— Miam », a fait Dylan la bouche pleine.

J'ai hoché la tête avec énergie : c'était fameux. « Merci !

— J'ai réfléchi à mon prochain article pour le journal », a dit Winnie. Ses parfaites lèvres rouges étaient parsemées de miettes de jaune d'œuf et je me suis surpris à la trouver adorable. *Mais je ne l'aime même pas !* a protesté ma voix intérieure.

« Je peux quand même m'attaquer à un sujet sérieux, mais j'ai décidé qu'il fallait que j'accroche davantage le lecteur. Que je simplifie, aussi, sans appauvrir pour autant. »

Je l'ai regardée avec des yeux ronds. « C'est exactement ce que je t'ai suggéré ! »

Elle a fait comme si elle n'avait pas entendu. « On a une grave crise du logement dans cette ville. Les loyers crèvent le plafond. Il y a déjà énormément de sans-abri, et ça ne s'arrange pas. Alors au lieu de simplement balancer des statistiques, je me suis dit… » Elle a repris une bouchée de sandwich et continué de parler la bouche pleine. « Tous les jours, entre l'arrêt du bus et le collège, je vois le même bonhomme qui dort sous un porche. Il a une petite pancarte "Bob le Prêcheur". J'aimerais l'interviewer. Lui demander ce que ça fait d'être SDF. »

J'ai soudain eu la nausée, et ce n'était pas le sandwich de Winnie.

Cela peut paraître fou, mais je comprenais pour la première fois que, techniquement parlant, j'*étais* un SDF. Astrid et moi avions un Combi, mais pas de maison. Cela ne m'avait pas dérangé jusque-là parce que je n'avais jamais pensé que cela durerait.

Mais depuis la veille, je n'étais plus sûr de rien.

Après les cours, je suis rentré directement à la maison. Ou plutôt, au Combi. Astrid était encore au lit. « Tu es restée couchée toute la journée ?

— Non. Je suis sortie. »

J'ai soulevé son sac de couchage. « Mon œil ! Tu es encore en pyjama.

— J'ai enlevé mon pyjama. Je suis sortie. Je suis revenue. J'ai remis mon pyjama.

— Menteuse.

— Félix. Arrête, s'il te plaît. Je ne peux pas, là. »

J'avais envie de la supplier. De lui dire que plus son Marasme durerait, plus longtemps elle mettrait à retrouver du travail. Mais je savais aussi que quand elle était dans cet état il n'y avait rien à faire. « Très bien. Mais lève-toi, maintenant. Il faut qu'on replie ton lit pour atteindre la gazinière. Je vais faire la popote. »

Elle s'est exécutée. J'ai réchauffé deux boîtes de ragoût. Elle n'en a pris que quelques bouchées. J'ai dévoré le reste. Puis elle a somnolé sur la banquette arrière pendant que je faisais mes devoirs à l'avant. J'ai laissé Horatio sortir de sa cage ; il est monté sur un de mes bras et redescendu par l'autre.

Une fois mes devoirs terminés, j'ai déniché un paquet de bouillie d'avoine. J'ai mis la bouilloire à chauffer, versé l'eau sur l'avoine et touillé. En sortant de la cantine, j'avais pris une mini plaquette de beurre sur le comptoir des condiments. Je l'ai sortie de mon sac à dos, j'ai retiré le papier et je l'ai placée sur le porridge.

Mormor m'avait dit qu'on pouvait apaiser un *tomte* fâché en lui donnant un bol de porridge avec un morceau de beurre dessus. J'ai donc posé le bol sur le tableau de bord, devant Mel.

« Tiens, c'est pour toi, ai-je chuchoté. Désolé si on t'a offensé d'une manière ou d'une autre. »

Bah. Ça ne coûtait rien d'essayer.

Le Marasme d'Astrid a duré trois jours. J'ai pris soin de sortir des vêtements propres et de préparer mon déjeuner le soir avant de me coucher, et de régler mon réveil moi-même. Je partais au collège très en avance pour pouvoir me laver dans les toilettes pour handicapés.

Le quatrième jour, Astrid s'est levée avec moi. Nous sommes allés au gymnase municipal prendre notre première douche en six jours. « Pourquoi est-ce qu'il y a un bol de vieux porridge desséché sur le tableau de bord ? » m'a-t-elle demandé, mais j'ai fait semblant de ne pas entendre.

Notre carte d'entrée au gymnase était expirée depuis longtemps. Nous avons donc fait comme toujours : attendre que l'employé de l'accueil soit occupé avec d'autres gens et passer d'un pas décidé, Astrid agitant sa carte périmée dans sa direction.

Cela avait toujours marché, jusque-là. « Pardon, madame ! l'a hélée l'employé. Il faut que je voie votre carte.

— Oui, tout de suite. »

Elle s'est approchée du comptoir et la lui a tendue. L'employé l'a étudiée avec attention. « Elle est expirée depuis plus d'un an.

— Comment ça ? Vous êtes sûr ? » Cette fois, le mensonge n'a trompé personne. Elle nous a acheté un nouvel abonnement. « On a de l'argent, m'a-t-elle dit quand nous nous sommes dirigés vers les vestiaires. Simplement, pas beaucoup. Je préfère ne le dépenser que si c'est absolument nécessaire. »

Ce soir-là, nous avons déplacé le Westfalia jusqu'à une rue calme près de Kits Beach. Nous nous sommes préparé des macaronis au fromage que nous avons mangés avec nos manteaux sur le dos parce qu'il pleuvait et que l'air froid s'insinuait dans le Combi. J'ai laissé Horatio se blottir dans la poche de mon manteau. Et j'ai fini par exprimer une pensée qui me tournait dans la tête depuis un moment.

« On devrait peut-être en parler à quelqu'un.

— Parler de quoi.

— De notre situation. »

Astrid a posé sa cuiller en plastique. « Et à qui voudrais-tu en parler ? À Daniel ? » Elle a secoué la tête. « Pas question.

— À Soleil ? Si elle savait ce qui se passe, elle nous hébergerait peut-être un petit moment, juste le temps qu'on retombe sur nos pieds.

— Félix. Soleil m'envoie des textos pour me demander quand on va venir retirer nos affaires de son sous-sol.

— Oui, mais c'est parce qu'elle ne connaît pas la vérit…

— Et elle ne l'apprendra pas.

— Pourquoi ?

— Parce que. Si elle savait, elle se mettrait en tête de nous aider.

— Justement ! Ce serait si mal ?

— Oui. Elle nous mettrait la def dans les pattes, je te le garantis. »

Il y a des enfants qui ont peur des histoires de monstres, de fantômes ou de croquemitaines sous le lit. Mes histoires effrayantes à moi, c'étaient les histoires de direction de l'Enfance et de la Famille. Et contrairement aux histoires de monstres, de fantômes et de croquemitaines, celles-là n'étaient pas imaginaires.

Comme je l'ai déjà évoqué, j'avais eu une brève rencontre avec la def. Mais ce n'était rien comparé à l'expérience d'Astrid.

Quand elle avait dix ans et le Félix d'origine douze, leur père avait mis à Félix une raclée particulièrement violente. Ma mère n'avait pas supporté. Elle était allée voir la police en douce. Fredrik et les enfants avaient été interrogés dans des pièces séparées. Puis une assistante sociale de la def était arrivée. Astrid et Félix avaient été retirés de la maison et envoyés dans des familles d'accueil.

Des familles *différentes*. Pendant deux longs mois, ils ne s'étaient pas vus. Ils avaient vécu chez des inconnus, avec d'autres enfants placés. Les parents d'accueil d'Astrid étaient gentils, et les autres enfants à peu près sympas. Le Félix d'origine n'avait pas eu cette chance.

Lorsqu'ils avaient enfin pu rentrer chez eux, ils s'étaient mis d'accord : prendre une raclée et des insultes de la part d'un vilain papa de temps en temps valait mieux que la prétendue aide qu'ils avaient reçue.

Je ne voulais pas que la def me sépare de ma mère et me place chez des inconnus méchants avec des enfants potentiellement violents. Mais quand même. « Peut-être qu'en s'adressant aux bonnes personnes on pourrait obtenir un logement social…

— Toi et moi, on n'ira *pas* dans un logement social. » Là, c'était son étrange orgueil qui s'exprimait. Allez savoir pourquoi, nous étions trop bien pour un logement social, mais vivre dans un Combi, ça allait.

J'ai donné une feuille de salade à Horatio. Astrid m'a entouré de son bras. « Je vais retrouver du travail, Böna. Ça va s'arranger. Promis. »

Je voulais la croire. Vraiment. Mais j'étais presque sûr qu'elle venait de m'en dire un « pour la paix des ménages ».

« Tu veux venir dormir vendredi soir ? » m'a demandé Dylan en milieu de semaine. Ses cheveux étaient encore plus spectaculairement décoiffés que d'habitude : plaqués sur son crâne d'un côté et ébouriffés de l'autre.

« Ouais ! » ai-je lancé avec un peu trop d'enthousiasme. L'idée d'un vrai lit, de sanitaires, de chauffage et, surtout, du frigo de chez Dylan me faisait positivement tourner la tête.

Le vendredi matin, je me suis préparé un petit sac avec mes affaires de nuit. « Ça va aller pendant que je ne serai pas là ? » ai-je demandé à ma mère.

Elle a souri. « Oui, Lilla Gubben. Je vais en profiter pour relire *Middlemarch* de George Eliot, comme tous les ans.

— Promets-moi que tu sortiras.

— C'est promis. Je vais aller à la bibliothèque fignoler mon CV. »

Je savais que « fignoler » voulait probablement dire « enjoliver ». Mais du moment qu'elle cherchait du travail, je m'en fichais.

« J'ai envie de jouer au Monopoly, m'a annoncé Dylan en fin de journée. On pourrait faire une partie d'anthologie. En plus, ma mère est allée à l'hypermarché hier, donc on va pouvoir se gaver de cochonneries. » J'ai cru que j'allais exploser de bonheur.

Nous n'avions pas passé les portes du collège depuis dix secondes – si près, et en même temps si loin – que Winnie s'est approchée. Elle portait son béret vert. « J'ai un service à vous demander. »

Oh, non.

« Je vais essayer d'interviewer Bob le Prêcheur. Et ça me fait honte d'avouer mes peurs et mes préjugés, mais je dois dire que j'ai un peu la trouille. Je veux dire, il ne sera peut-être pas content que j'essaie de lui parler, et il est peut-être instable… Je n'en sais rien. Ça vous embêterait de m'accompagner ?

— Il faut vraiment que ce soit aujourd'hui ? ai-je demandé.

— Si je ne le fais pas aujourd'hui, l'article ne sera pas prêt à temps. »

Nous nous sommes regardés, Dylan et moi, et nous avons soupiré. Bob le Prêcheur est une institution de Kitsilano. Il était déjà au même coin de rue quand Astrid et moi avions l'appartement, et il y était toujours, là, pendant que nous approchions. Il avait devant lui un petit bocal avec quelques pièces, et un écriteau « POÈMES À VENDRE. DEUX DOLLARS ».

« Bonjour, lui a dit Winnie d'une voix légèrement tremblante.

— Salut. Tu veux un poème ?

— Euh, non… » a-t-elle commencé, mais je lui ai donné un petit coup de coude. « Je veux dire, oui, très bien ! » Elle lui a tendu deux dollars.

Bob le Prêcheur a feuilleté un calepin couvert de pattes de mouche. Il en a arraché une page qu'il a lue tout haut : « Un enfant rit, un ballon rouge entre les mains. Une jeune fille rit de ce que lui dit son amoureux. Un vieillard rit en écoutant la voix dans sa tête. Le corbeau se rit d'eux tous, perché dans un arbre au-dessus. » Il a tendu le poème. Ses mains étaient crasseuses, la peau crevassée. La bouche de Winnie a fait son petit o d'horreur.

J'ai pris le poème du bout des doigts. « Merci, c'était très joli, ai-je dit.

— Je l'appelle Rire.

— C'est profond », a commenté Dylan.

Winnie s'est éclairci la gorge. « Je me demandais aussi si je pourrais vous interviewer pour le journal de mon école. Pour que vous me parliez de, euh… » Elle a toussoté avec embarras. « … de la vie dans la rue. »

Bob le Prêcheur l'a dévisagée, les yeux plissés. Il a tendu une main, que Winnie a regardée sans comprendre.

« Il veut plus d'argent », lui ai-je soufflé.

Winnie lui a donné une nouvelle pièce de deux dollars. Il l'a foudroyée du regard. « Une interview, c'est plus cher qu'un poème. »

Winnie a fouillé dans son cartable et y a pêché un billet de dix. « Si vous pouviez m'en rendre cinq… »

Bob le Prêcheur a empoché les dix dollars. « Vas-y, pose tes questions. »

Winnie a lancé l'appli « dictaphone » de son téléphone. « Depuis combien de temps êtes-vous sans abri ?

— Presque vingt ans. J'en ai cinquante et un. »

Dylan et moi avons échangé un bref regard. Bob le Prêcheur avait l'air beaucoup plus vieux.

« Et que faisiez-vous avant de vivre dans la rue ?

— J'étais un type comme les autres. Un diplôme universitaire. Un boulot de cadre moyen. Une femme, des enfants.

— Que s'est-il passé, alors ?

— Ma boîte a licencié. J'ai perdu mon emploi. C'était en pleine récession. Impossible de retrouver du travail. J'ai fait une dépression. Je me suis mis à boire. Ma femme est partie. Les enfants et moi avons été séparés. J'étais trop diplômé pour les petits boulots, et quand j'arrivais à en décrocher un, cela ne durait pas, parce que j'étais un vrai fossile, les petits jeunes étaient bien plus doués que moi avec tous les appareils informatiques. »

Pendant qu'il parlait, j'ai senti la chair de poule me hérisser le bras, malgré mon manteau. « J'ai perdu mon logement. J'ai perdu mes amis… J'ai commencé à dormir dans des refuges pour sans-abri. Mais c'est affreux, là-bas. Plein de fous, de puces et de voleurs. Je me sens plus en sécurité ici que dans ces endroits-là. » Il a levé les yeux vers Winnie. « On croit que ça n'arrive qu'aux autres. En fait, ça peut arriver à tout le monde. »

Je savais qu'il disait la vérité. Car Astrid et moi en étions déjà à moitié là.

Avant de prendre congé, Winnie a donné à Bob le Prêcheur un sandwich qu'elle avait préparé elle-même. Pendant que nous partions, je l'ai vu mordre dedans, recracher, et le jeter à la poubelle. Il faut croire que certains mendiants font les difficiles quand même.

« Bon. Et maintenant, qu'est-ce qu'on fait ? a demandé Winnie.

— Euh, on allait chez Dylan…

— Youpi ! »

Elle est partie devant en gambadant. Dylan a mimé le geste de se passer la corde au cou et de se pendre. J'ai fait semblant de m'embrocher sur une épée. Quand nous sommes arrivés chez les Brinkerhoff, Dylan et moi avons fait des provisions de Curly et de mini-tacos pour les emporter dans le salon pendant que Winnie nous sermonnait sur les dangers pour la santé des aliments tout préparés. Nous avons répondu en ouvrant des canettes de soda, en les buvant à grandes goulées et en rotant bruyamment.

« Vous êtes dégoûtants ! » Nous avons roté de plus belle.

Nous avons joué au Monopoly. Évidemment, Winnie avait un sens aigu de la compétition et elle a eu la victoire très arrogante. Elle a continué de s'en vanter longtemps après que nous avons rangé le jeu.

Pour la faire taire, Dylan a allumé la télé. C'était l'heure de *Qui, Que, Quoi, Quand ?* et nous avons crié les réponses devant l'écran ; Winnie en connaissait presque autant que moi.

Juste avant une page de publicité, le présentateur a annoncé : « Nous avons la joie de lancer le premier *Qui, Que, Quoi, Quand ? – édition Junior*. Vous voulez participer ? Répondez au questionnaire en ligne et vous serez peut-être sélectionné ! »

Dylan a coupé le son et nous a regardés. « On le fait. »

Winnie a haussé un sourcil sceptique. « Ne le prenez pas mal, mais je vais vous écraser tous les deux.

— Moi, oui, a dit Dylan. Mais je te parie que tu ne battras pas Félix. »

Winnie avait son ordinateur portable avec elle, et Dylan le sien. Pour ma part, j'ai utilisé l'ordi installé dans la cuisine. Nous avons d'abord répondu à un petit questionnaire personnel, puis sommes passés au quiz.

Le résultat s'appuyait sur deux critères : le temps qu'on mettait à répondre, et le nombre de réponses justes. Il y avait cinquante questions en tout. En voici un petit échantillon :

Qui a écrit Sa Majesté des Mouches *?* (William Golding.) *Où se trouve la grande barrière de corail ?* (En Australie.) *Quel paquebot de luxe fut coulé par un sous-marin allemand en 1915 ?* (Le Lusitania.) *Quand les États-Unis entrèrent-ils dans la Seconde Guerre mondiale ?* (En décembre 1941.)

Dylan a mis huit minutes quarante, et a correctement répondu à vingt-six questions. Winnie a mis sept minutes huit secondes, et eu quarante et une bonnes réponses. Moi, j'ai mis six minutes cinquante. Et j'ai correctement répondu à quarante-six questions.
« Purée, Félix ! a lancé Dylan. Tu assures !
— Un coup de bol, a lâché Winnie.
— Ce n'est pas du bol, l'a contredite Dylan. Je l'ai déjà vu devant l'émission. Félix, c'est une tête.
— Hum, a-t-elle fait. Qui l'eût cru ? »
Peu après, nous avons tous reçu le même e-mail.

Merci d'avoir répondu à notre questionnaire. En raison du grand nombre de candidatures, le traitement de votre dossier prendra deux à trois semaines. Si vous êtes sélectionné pour une audition, vous en serez informé passé ce délai.

« Bon ! a lancé Winnie en refermant son ordi. Désolée, les gars, mais il est temps que j'y aille.
— Quel dommage », a dit Dylan.

Ses parents sont rentrés peu après le départ de Winnie. « Félix ! s'est exclamée Mme Brinkerhoff. Enfin, on arrive à te voir ! » Elle m'a embrassé et j'ai remarqué qu'elle sentait toujours la vanille.

M. Brinkerhoff, qui est une copie conforme de son fils dépenaillé – en plus grand, plus rond et sans appareil dentaire –, m'a serré la main. « C'est bon de te revoir. Comment va ta maman ?

— Bien. Très bien. »

J'ai rangé ce mensonge dans la catégorie « invisible ».

Les Brinkerhoff ont fait livrer un dîner thaï. Alberta et son copain, Henry, étaient là, et nous nous sommes tous tassés autour de la table de la cuisine. Dylan et moi leur avons raconté le questionnaire en ligne, et Henry nous a demandé de répéter une bonne partie des questions. Il connaissait toutes les réponses. « Vous deux, vous avez une capacité anormale à retenir les informations », a observé Alberta.

J'ai tellement mangé que je pouvais gonfler le ventre comme si j'avais une grosse bedaine. Il y a eu beaucoup de rires et de discussions animées et la pièce était grande et chaleureuse et lumineuse.

Ce soir-là, alors que j'étais dans le lit du bas, dans la chambre de Dylan, il m'a raconté une histoire de Bernard. « Il a déplacé tous mes habits pendant que j'étais en classe. Il a mis mes slips dans le tiroir des tee-shirts, et j'ai retrouvé mes tee-shirts sous mon lit ! Mais il ne fait jamais rien de méchant. C'est un bon poltergeist. » Je ne me souviens de rien après ça, car j'ai sombré et dormi douze heures d'affilée.

Nous avons petit-déjeuné tard, de pancakes noyés dans le beurre et le sirop d'érable. Je suis brusquement redescendu sur terre quand la mère de Dylan lui a rappelé qu'il avait karaté à 13 heures.

« On peut te reconduire chez toi, a proposé Mme Brinkerhoff. J'aimerais beaucoup dire un petit bonjour à Astrid, je ne l'ai pas vue depuis une éternité.

— Ne vous dérangez pas. Elle travaille aujourd'hui, et j'ai des courses à faire avant de rentrer. » Un mensonge « inoffensif ».

Vous connaissez cette impression, quand vous faites un rêve merveilleux, du genre où tout est parfait et magique ? Par exemple, vous trouvez une malle pleine de vos barres chocolatées préférées sous votre lit ? Et ensuite vous vous réveillez, et la déception est énorme ? C'est ce que j'ai ressenti en traînant les pieds sur deux kilomètres pour regagner Kits Beach, notre Combi, et ma mère.

Le samedi, Astrid et moi avions nos habitudes. Nous restions au lit jusqu'à 10 heures ; ensuite, nous allions au gymnase faire un peu de sport et prendre une douche chaude. Après, petit déjeuner au Cosy Inn Cafe de Dunbar Street, qui avait une formule avec œufs au bacon pour la modique somme de quatre dollars quatre-vingt-dix-neuf. Une fois rassasiés, nous faisions une lessive, suivie par des courses à l'hypermarché discount.

Ce samedi-là, j'étais en train de remplir le chariot de boîtes de soupe cabossées, quand j'ai aperçu quelque chose du coin de l'œil. Une chose que j'aurais préféré ne pas voir : Astrid glissant un paquet de saucisses dans la poche de son manteau.

Ma voix intérieure m'a dit : *Peut-être que je crois juste l'avoir vu. Peut-être que je me trompe. Peut-être qu'elle s'est trompée. Peut-être qu'elle a empoché ça sans le faire exprès, par distraction. Comme la fois où j'ai mis mes devoirs au frigo.*

Mais dans l'allée suivante, je l'ai vue mettre un sachet d'amandes dans son sac. « Astrid, ai-je dit tout bas. Je t'ai vue.

— Hmm ?

— Tu as des saucisses dans ta poche et des amandes dans ton sac.

— Tu oublies la tranche de brie ! »

Et elle m'a souri. Carrément.

« Mais c'est du vol !

— Seulement si on raisonne en capitaliste. Moi, je vois les choses sous un autre angle. J'achète ce qui est à un prix raisonnable. Je n'empoche que ce qui est ridiculement cher. Les magasins comme celui-ci nous volent, nous, avec des tarifs pareils. Ils participent au système capitaliste. Je fais juste un peu de rééquilibrage.

— Mais c'est un hypermarché discount !

— Böna, c'est quand même une entreprise. Et je compte acheter tout ce qu'on a dans le chariot. À ce compte-là, ils sont encore gagnants. Tu n'as qu'à me voir comme ton Robin des Bois personnel. »

Sur ces mots, elle est passée au rayon suivant en poussant le chariot.

Ses arguments me faisaient mal à la tête, et je ne savais pas quoi répondre. À l'approche de la caisse, je me suis carré devant le chariot pour lui barrer le passage. J'ai chuchoté entre mes dents : « Si jamais tu te fais prendre…

— Si je me fais prendre, ce sera à cause de ton comportement louche. Alors arrête. »

Elle m'a décoché un de ces sourires qui n'en sont pas.

Nous avons fait la queue. Je transpirais de frayeur. Mais Astrid a posé nos articles sur le tapis roulant avec une décontraction totale.

La caissière renfrognée avait des piercings partout. Celui qu'elle avait dans le front avait l'air douloureux et infecté.

J'ai eu le hoquet. Tout à coup, j'étais très en colère. Astrid nous exposait à un nouveau danger. J'ai empoigné une barre chocolatée sur un présentoir et je l'ai jetée sur le tapis roulant. Ma mère m'a envoyé un regard d'avertissement. « Très bien. Une barre chocolatée… » J'en ai jeté deux de plus, en hoquetant toujours, et en la mettant silencieusement au défi de m'arrêter. Elle m'a fait les gros yeux, puis a haussé les épaules à l'intention de la caissière, qui devait être sous médicaments : elle n'avait absolument aucune expression.

« Cinquante-quatre quatre-vingts. »

Astrid a ouvert son sac pour chercher son porte-monnaie. Les amandes étaient sur le dessus. Je me suis remis à transpirer. Si moi je les voyais, la caissière devait les voir aussi. J'ai emballé nos courses et nous sommes sortis. J'attendais qu'un vigile nous rattrape en courant et nous plaque au sol.

Il ne s'est rien passé. Astrid a chargé les sacs à l'arrière du Combi. « Tu vois ? Tu t'en fais pour rien.

— Si tu t'étais fait prendre…

— Je ne me suis pas fait prendre.

— Mais si tu…

— Mais ça n'est pas arrivé. » Elle prenait un ton qui voulait dire « *Arrête tout de suite, sinon…* ». Puis elle m'a lancé une des barres chocolatées. « Il y a un concert gratuit devant l'immeuble CBC dans une heure. Ça te dit ? »

Nous y sommes allés. Et je n'ai plus parlé de vol dans les magasins.

J'aimerais pouvoir dire que la nourriture volée par Astrid avait un goût de cendre dans ma bouche. Mais non. C'était délicieux. Nous avons mangé le brie avec des crackers en apéritif. Et les saucisses, cuites à la poêle, nous ont régalés avec un plat de spaghettis. Même Horatio a goûté au brie, et il a adoré, mais nous l'avons payé plus tard, car ça lui a donné une diarrhée qui a empuanti le Combi même après que j'ai lavé sa cage, et Horatio lui-même, dans les toilettes de la plage.

J'aimerais aussi pouvoir dire qu'Astrid n'a plus jamais volé. Mais comme le temps passait et que nos économies baissaient, Astrid a fait ce qu'elle jugeait nécessaire. Cela me contrariait beaucoup quand elle volait dans des magasins plus petits, comme l'épicerie Ahmadi sur l'avenue Broadway. Nous y allions parce que les prix étaient raisonnables, si bien que ça m'a choqué de la voir glisser une grappe de raisin dans son sac un jour, un filet d'avocats un autre. Le propriétaire de cette boutique-là ne s'enrichissait pas sur notre dos. Il ne faisait pas partie du « système ».

« On pourrait peut-être aller à la banque alimentaire », ai-je suggéré un soir.

Elle m'a regardé comme si je lui avais demandé de commettre un meurtre. « On n'a pas besoin de la banque alimentaire. » Encore un coup de son orgueil mal placé.

Que les choses soient claires : dès que nous le pourrons, nous avons l'intention de rembourser aux magasins ce que nous leur devons.

Enfin, pas Astrid. Mais moi, oui. Je tiens le registre de nos dettes. Je le garde sur moi. Aussitôt que nous aurons eu une rentrée d'argent – ce qui ne saurait tarder –, j'irai dans les magasins où nous avons volé pour établir un plan de remboursement.

Je ne sais pas bien comment j'expliquerai l'affaire. Mais ça, je m'en inquiéterai en temps voulu.

À la mi-octobre, le temps s'est dégradé. Il est devenu plus froid. Beaucoup plus pluvieux. Un soir, nous étions dans le Combi en train de nous chamailler. Dix-huit heures, et il faisait déjà nuit dehors. « Je gèle, ai-je dit. Et Horatio aussi.

— Tu me l'as déjà dit. Vingt mille fois, à peu près.

— Mel est gelé.

— Arrête, c'est ridicule.

— Et je m'ennuie à mourir et je me sens claustrophobe et ça sent le vieux pet, là-dedans… »

Tout à coup, Astrid s'est installée au volant et a tourné la clé dans le contact.

« On va où ? »

Elle ne m'a pas répondu. Elle a roulé en silence, en montant vers l'ouest, jusqu'au quartier de Point Grey. Elle s'est engagée dans une rue pratiquement déserte.

Beaucoup de maisons étaient neuves et apparemment vides. Elle m'en a indiqué une qui était peut-être aux deux tiers terminée. « Je suis passée plusieurs fois devant celle-là. Personne n'y vit, j'en suis certaine. Et la porte du garage n'est pas fermée à clé.

— Comment tu sais ça ? »

Pas de réponse. Elle a simplement éteint les phares et s'est engagée dans l'allée d'accès. Elle m'a fait signe d'ouvrir le garage.

« Astrid…

— C'est toi qui vois, Félix. Tu peux ouvrir, ou on peut retourner à la plage. »

J'ai ouvert le garage.

Mes inquiétudes se sont évaporées après deux nuits. Si nous commettions un délit, cela en valait la peine. Une fois la porte baissée, personne ne se doutait que nous étions là. Il y avait l'électricité, si bien que nous pouvions allumer les plafonniers, brancher le frigo et conserver du lait et des œufs, et nous pouvions lire aussi tard que nous le voulions. Il y avait des prises électriques pour recharger notre vieil ordinateur portable et nos téléphones. Nous mangions sur nos chaises pliantes dans le garage, mais hors du Combi. J'avais l'impression de vivre dans un palais. Et comme il y avait un robinet sur le côté de la maison, nous pouvions même remplir des seaux à la nuit tombée et faire chauffer l'eau sur la gazinière le matin pour notre toilette.

Et, oui, à la nuit tombée nous faisions pipi dans le jardin. Mais seulement pipi. Sauf une fois, mais c'était une urgence. Les maisons à droite, à gauche et derrière nous semblaient vides aussi, mais nous restions quand même prudents lors de nos allées et venues. Je devais faire beaucoup plus de chemin à pied pour aller en classe, mais ça m'était égal. Il y avait longtemps que je ne m'étais pas senti si reposé. Astrid aussi paraissait moins fatiguée.

Un matin, au collège, la fille chargée de faire les annonces a dit : « Marquez vendredi prochain dans vos agendas : c'est le premier bal de l'année ! Invitez l'élu ou l'élu-e de votre cœur ou venez avec vos amis danser toute la nuit ! Ou du moins jusqu'à 22 heures, car après on nous met dehors ! »

« Les bals d'école, c'est n'importe quoi », a déclaré Winnie au déjeuner. Nous étions au self, assis à une table ; Dylan faisait la queue pour acheter des frites. « C'est complètement archaïque. Je devrais écrire un papier cinglant là-dessus dans le numéro du Clairon de novembre. » Elle avait terminé son article sur Bob le Prêcheur pour celui d'octobre, qui devait sortir à la fin du mois, mais elle cherchait déjà un nouveau sujet.

« Un papier cinglant sur les bals d'école ?

— Oui ! Tout ce qu'ils font, c'est nous décevoir. Ils nous donnent des attentes irréalistes. Évidemment, on nous dit que ce n'est pas nécessaire d'avoir un cavalier, qu'on peut y aller entre copines ! Mais en secret toutes ces pauvres filles – et quelques garçons, mais ce sont souvent les filles *bien qu'on soit au* XXI*e siècle* – attendent qu'on les invite. Il y a des cœurs brisés. Des larmes qui coulent.

— Hum. Tu parles d'expérience ?

— Non ! a-t-elle répondu un peu trop vite.

— Alors tu n'y vas pas ?

— Bien sûr que si ! Avec toi. »

J'ai failli en recracher mon sandwich à la mortadelle. « Hein ?

— Pour mes recherches ! Il faut bien que j'y sois si je veux faire un reportage, pas vrai ?

— Tu ne peux pas y aller seule ?

— Mais non, patate. On se méfierait de moi.

— Alors tu veux que je te serve de couverture ?

— Oui. »

Ma cervelle me faisait mal. « Euh… d'accord…

— Très bien. Tu peux passer me prendre chez moi à 19 heures. Et pour le corsage, je le préfère de poignet, et surtout pas rose. »

Winnie a pris une énorme bouchée de son sandwich.

Qu'est-ce qui venait de se passer ?

Et aussi, qu'est-ce que ça pouvait bien être, un *corsage* ?

Dylan et moi avons abordé la question en allant chez lui après les cours. « Ouais, Sophie m'a invité, a-t-il marmonné avec un air sombre.

— Qu'est-ce que tu as répondu ?

— Oui. Mais… je sais pas… un bal ? Beuh. Je ne vais pas pouvoir y aller comme ça. » Il a baissé les yeux vers ses éternels jean et tee-shirt chiffonnés.

Une petite boule d'angoisse s'est formée dans mon ventre. « Tu crois qu'on va devoir se saper ? » Je possédais une seule tenue habillée. Et elle se trouvait dans le sous-sol de Soleil.

« Sans doute. » Il a poussé un soupir à fendre l'âme. « Je préférerais qu'on m'enfonce des piques en bambou sous les ongles. »

J'ai réfléchi un instant. « Je préférerais m'allonger dans une baignoire pleine de cafards.

— Je préférais manger des asticots au petit déjeuner.

— Je préférerais me laisser glisser tout nu le long d'une lame de rasoir et plonger dans une piscine d'alcool à 90 degrés. »

Celle-là nous a fait tellement rire que nous avons dû nous arrêter pour reprendre notre souffle.

Quand je suis rentré au garage ce soir-là, Astrid était en train de nous préparer des hamburgers en chantant sur une vieille chanson des Monkees qui passait à la radio. Malgré le froid qui régnait dehors, il faisait bien chaud dans notre logis de fortune. Le chauffage portatif qu'Abélard nous avait laissé était poussé à fond. Elle a pris ma main et m'a fait tourner, puis s'est mise à me faire des bisous sur le sommet de la tête.

« Aaah, arrête ! »

Elle m'a lâché.

« Tu es de bon poil, ai-je fait remarquer.

— J'ai eu deux entretiens aujourd'hui.

— C'est super !

— Croisons les doigts. »

Je me suis mis à chanter aussi. « *Now I'm a believer !* » J'ai nourri Horatio et sorti nos assiettes. Quand nous nous sommes assis à table, j'ai annoncé ma propre nouvelle. « On m'a plus ou moins invité à un bal.

— C'est vrai ? Un garçon ? Une fille ? » (Astrid est convaincue qu'un parent ne doit jamais avoir d'a priori sur l'orientation sexuelle de son enfant.)

« Une fille. Winnie Wu.

— Winnie. Quel joli prénom. Elle te plaît ? »

J'ai ouvert la bouche pour dire non – mais je me suis arrêté.

Car ce n'était pas vrai.

La vérité, c'était que je commençais à apprécier Winnie Wu.

« Un peu, ai-je reconnu. Mais elle a beaucoup de caractère, elle est autoritaire et elle a un avis sur tout. »

Astrid a souri. « Alors je l'aime déjà. Et si elle t'aime, c'est qu'elle a très bon goût. » Elle m'a ébouriffé les cheveux.

« Seulement, elle veut que je lui achète un truc appelé un corsage. Et il va falloir que je m'habille, au moins un peu. Et ma tenue habillée est chez Soleil. »

Astrid grignotait un biscuit. « Pas de souci. Je sais comment on va faire. »

J'aimerais pouvoir dire que ça m'a réconforté.

« Bon, je crois qu'on peut entrer », a dit Astrid. Nous étions en face de la maison de Soleil, avec lunettes noires et bonnets, ce qui à mon avis nous rendait encore plus suspects. Nous étions venus en bus au lieu de prendre le Combi, car, comme Astrid l'avait fait remarquer, Soleil connaissait très bien notre Combi, jusqu'à l'autocollant « LA ROUTE DE L'ILLUMINATION N'A PAS DE LIMITE DE VITESSE » (une décoration qui venait d'Abélard, pas de nous).

Soleil et son mari venaient de partir avec les jumeaux dans leur break Volvo. Les garçons étaient en tenue de foot.

Mon hoquet a commencé lorsque nous sommes entrés dans la petite rue de derrière. « Je ne comprends pas pourquoi on ne l'a pas simplement appelée…

— Pour la millième fois, Félix, elle poserait trop de questions. Et rappelle-toi, nous n'entrons pas par effraction. Nous venons simplement chercher quelques affaires qui sont à nous.

— C'est une effraction si on le fait dans son – *hic !* – dos. Elle ne sait pas qu'on a la clé. Ni qu'on connaît – *hic !* – le code de l'alarme.

— Donc elle ne devinera jamais qu'on est venus. Ce sera comme si ça n'était jamais arrivé. Tu connais cette énigme : “Si un arbre tombe dans la forêt et que personne ne l'entend, fait-il un bruit ?”

— Oui, mais s'il y a quelqu'un, si Soleil revient et qu'elle nous surprend, je t'assure qu'elle en fera, du bruit », ai-je répliqué en franchissant le portillon du jardin.

Astrid s'est tournée vers moi. « Tu veux être bien sapé, oui ou non ? J'essaie de t'aider, moi. » Elle a enfoncé sa clé dans la serrure et ouvert la porte. L'alarme a poussé son petit sifflement aigu. Astrid a tapé quelques chiffres.

Le bruit a continué. Elle a réessayé. Ça n'a pas marché. « Elle a changé le code. » Nous sommes restés cloués sur place. Mon corps entier était comme engourdi, et j'ai eu peur de tomber raide. « L'alarme va se déclencher dans environ trente secondes, a dit Astrid. Sors par le portillon. Ne cours pas. Marche. On se retrouve à l'arrêt de bus.

— Mais, maman…

— Vas-y. »

J'ai obéi. J'ai marché lentement, même si tous les atomes de mon corps me disaient de prendre mes jambes à mon cou. Alors que je sortais du jardin, l'alarme s'est mise à hurler. Tellement fort que je l'entendais encore à deux rues de là. J'ai eu l'impression d'attendre à l'arrêt de bus pendant une éternité, alors qu'il n'a pas dû s'écouler plus de cinq minutes.

Puis j'ai vu Astrid marcher vers moi, calme et pleine d'assurance, en tirant une de nos grosses valises à roulettes. « J'ai pris ce que je pouvais. On ne va pas revenir avant un moment. »

Le bus est arrivé une minute plus tard. Je me suis effondré sur un siège dans le fond, en hoquetant plus que jamais.

Astrid a sorti de sa veste une liasse de billets de vingt dollars, et m'en a tendu deux. « Achète à Winnie un corsage de poignet. C'est une petite composition florale attachée à un élastique. Peut-être une rose jaune, ça lui plaira. Et paie-toi ce que tu veux avec le reste. »

Dans un flash, j'ai revu le sac à main que j'avais aperçu chez Soleil, près de la porte de derrière. J'ai empoché l'argent sans un mot.

Le costard ne m'allait plus. J'étais au milieu du garage, en train de tirer sur les manches bleu marine comme si cela pouvait les rallonger. Ces derniers temps, j'avais remarqué que mes pantalons et mes pulls devenaient tous trop courts et trop serrés, comme s'ils avaient rétréci au lavage.

Astrid a dit une évidence. « Tu as grandi.

— Le bal est dans deux jours.

— Ne t'inquiète pas, Lilla Gubben. On va simplement aller faire un peu de shopping.

— Mais on n'a pas beaucoup d'argent.

— Et alors ? On a toujours été très doués pour chiner dans les friperies. Et il y en a de très chouettes près d'ici. »

Le lendemain après le collège, nous avons exploré deux boutiques différentes, une tenue par l'Armée du salut et l'autre appartenant à la SPA. Je me suis très bien débrouillé. J'ai dégoté un jean neuf, trois tee-shirts et un pull, et, pour le bal, une chemise, un pantalon et une veste de costard. Astrid n'a dû débourser que deux billets de vingt pour tout payer.

Ma trouvaille préférée était un polo rouge qui avait l'air presque neuf. Il y avait une petite tache de gras dans le bas, devant, mais elle se voyait à peine. « La couleur va à merveille avec ton teint et tes cheveux », m'a dit Astrid.

Le vendredi matin, Dylan m'a appris que son père proposait de nous emmener tous les quatre en voiture. « On peut passer te chercher, a-t-il ajouté. Je n'ai pas encore vu ta maison.

— Ne vous embêtez pas, je viendrai chez toi. Je t'assure. Ça vous ferait faire un long détour de venir chez moi. »

Je me suis arrêté chez le fleuriste en rentrant du collège pour prendre le corsage de poignet de Winnie. Quand je suis arrivé au garage, Astrid y était déjà, en train de repasser ma chemise et mon pantalon sur un morceau de carton posé sur une poubelle de recyclage. « Depuis quand on a un fer à repasser ? me suis-je étonné.

— Depuis aujourd'hui. Je ne voudrais pas que mon grand garçon ne soit pas tip-top pour son premier bal. »

J'ai fait la grimace. « Tip-top ? »

Une fois le repassage terminé, je suis monté dans le Combi pour me changer. Le pantalon était un peu plus usé que je ne le croyais et les manches de la veste étaient légèrement effilochées, et elle avait un trou au fond d'une poche, mais à part ces broutilles, ça rendait très bien. Quand je suis redescendu, Astrid a poussé un sifflement. « Tu es superbe. » Elle m'a coiffé, en donnant à mes cheveux un maximum de volume. « Montre-moi le corsage. » Je lui ai montré la rose jaune dans sa boîte en plastique. « C'est parfait. Elle va adorer. »

Astrid m'a fait dîner rapidement, puis m'a accompagné à pied chez les Brinkerhoff. La soirée était fraîche et claire, les étoiles brillaient. À notre arrivée, j'ai demandé : « Tu veux entrer dire bonjour ? »

Elle a fait non de la tête. « Non, je ne crois pas. » J'ai remarqué qu'elle avait les larmes aux yeux. « Ton premier bal ! Je t'aime, Félix.

— Moi aussi, Astrid. » Elle m'a embrassé sur le front et elle est partie.

C'est Alberta qui m'a ouvert. « Naaan ! T'es trop chou ! » a-t-elle dit en m'ébouriffant les cheveux.

Dylan a dévalé l'escalier. Sa chemise était chiffonnée et seulement à demi rentrée dans son pantalon gris, mais je ne lui avais jamais vu un look si soigné. « Papa, on y va ! »

En attendant M. Brinkerhoff, nous avons dû endurer les taquineries d'Alberta. « Vous avez des capotes ?

— La ferme, a dit Dylan.

— On ne veut pas de grossesses adolescentes dans cette maison !

— Andouille ! On a à peine treize ans !

— Il paraît que les jeunes commencent de plus en plus tôt, de nos jours. »

Heureusement, M. Brinkerhoff est apparu et nous sommes partis.

Nous sommes allés chercher Sophie d'abord. Elle était en pantalon à pinces et haut rose bonbon. M. Brinkerhoff s'est présenté ; Dylan s'est contenté d'un grognement. « Alors, Sophie, a dit M. Brinkerhoff pour tenter de combler le silence, comment ça se passe, la cinquième ?

— Bien. »

Personne n'a plus dit un mot pendant le trajet vers chez Winnie. Je suis descendu de voiture quand nous sommes arrivés devant son immeuble. Winnie attendait dans le hall avec sa mère. Elle portait une robe aux genoux, sans manches, argentée et brillante, avec des ballerines argentées. Un châle blanc était drapé sur ses épaules.

Elle était… waouh.

« Tu dois être Félix, a dit sa mère. Je suis Eleanor, la maman de Winnie.

— Enchanté, Eleanor. » Nous nous sommes serré la main. « Vous mettez des bébés au monde.

— En effet. »

Winnie s'est raclé la gorge. « Merci, Félix, toi aussi tu es très beau.

— Hein ? »

Eleanor a souri. « Je crois que ma chipie de fille cherche un compliment. »

Ah. « Tu es bien », ai-je dit. Elle s'est rembrunie. « Très jolie ?

— Ramène-la pour 23 heures, s'il te plaît, m'a dit Eleanor.

— Je n'y manquerai pas. » Nous avons fait demi-tour pour sortir de l'immeuble. Winnie s'est encore raclé la gorge. Une fois. Deux fois. « Tu couves quelque chose ? lui ai-je demandé.

— Prends-moi par le bras. »

Eleanor m'a adressé un sourire encourageant. J'ai pris le bras de sa fille. « *Duì nǐ de péngyǒu hǎo yī diǎn*, a-t-elle lancé.

— Ma mère me dit d'être gentille avec toi en mandarin, m'a expliqué Winnie. Depuis quand est-ce que je ne suis pas gentille ? »

Avant d'arriver à la voiture, je me suis rappelé la boîte que j'avais à la main. « Ah oui ! Tiens, ton corsage machin-truc. » Je la lui ai donnée et j'ai continué de marcher.

Winnie s'est arrêtée. « Félix.

— Quoi ?

— Tu dois le sortir de la boîte et le passer à mon poignet.

— Tu ne peux pas le faire toi-même ?

— Tu es *censé* le faire.

— Mais ça n'est pas *censé* être un vrai rencard ! »

Elle m'a lancé un regard assassin. Mon POPO m'a soufflé que ça se passait mal, mais je ne comprenais pas pourquoi.

« Bon, d'accord ! » J'ai glissé l'élastique autour de son poignet. « Contente ?

— Non ! »

Le trajet jusqu'au collège a été court mais mortel. M. Brinkerhoff a tenté de faire de l'humour. « Que disent les Canadiens quand le lait va déborder ? » Personne n'a répondu. « Retire le lait du feu, caribou ! » Nous sommes descendus de voiture en silence. « Et essayez de vous amuser, nom d'un chien ! » a-t-il crié dans notre dos.

Le gymnase était décoré de ballons et de serpentins. La lumière était tamisée. Personne ne dansait encore. Les élèves restaient sur le pourtour de la piste, à grignoter et rigoler.

J'ai apporté un verre de punch à Winnie. Les bras croisés, elle boudait. « Winnie. Pardonne-moi si je ne comprends rien. Tu m'as dit que c'était une couverture. Que c'était de la recherche pour ton article. Et après, tu veux que je me comporte… comme un amoureux.

— Pour un type soi-disant intelligent, tu es long à la comprenette.

— Quoi ?

— Franchement, ça ne t'est jamais venu en tête que tu pouvais me plaire ? »

Non. Absolument pas. J'ai soudain eu très chaud à l'intérieur, d'une manière pas désagréable du tout.

« Tu vois, c'est précisément ce que je déteste dans les bals d'école, a-t-elle continué. On se fait de faux espoirs, qui sont ensuite anéantis, et on se retrouve gênée et humiliée. »

Un slow a commencé.

« Enfin bon, fais comme tu veux. Ce n'est pas ta faute. C'est la mienne.

— Winnie…

— De nous deux, c'est moi l'idiote, pas toi. Moi.

— Winnie…

— C'est tout moi, ça, vraiment, tu n'as sans doute pas remarqué, mais je ne suis pas très douée pour déchiffrer les…

— *Winnie.* » Elle s'est enfin tue. J'ai tendu une main vers elle. Elle l'a regardée, et ses yeux se sont mis à briller. Je l'ai emmenée jusqu'au milieu de la piste. Nous étions le premier couple à se trouver là. Je l'ai enlacée par la taille. Je n'avais jamais dansé un slow de ma vie, ce qui fait que j'ai juste commencé à tourner, en rond à petits pas.

D'autres élèves nous ont rejoints. Winnie a posé la tête sur mon épaule, ce qui m'a bien plu.

Nous n'avons quitté la piste de danse que deux fois : une fois pour aller chercher à manger et une fois pour faire pipi.

Winnie n'a jamais écrit son papier cinglant sur les bals d'école.

M. Brinkerhoff est venu nous chercher à 22 heures et des poussières. Nous avons déposé Winnie en premier, puis Sophie. Une fois que celle-ci est descendue de voiture, Dylan a poussé un gros soupir sur le siège avant. « Ouf, c'est fini. C'était horrible ! Je suis tout collant de sueur ! » Ce n'était pas à cause de la danse, car ils n'avaient quasiment pas mis les pieds sur la piste.

« Je croyais qu'elle te plaisait, a dit M. Brinkerhoff.

— Moi aussi, je croyais. Mais elle a dit qu'à son avis les poltergeists sont des âmes tourmentées qui veulent nous faire souffrir, alors j'ai dit : "C'est tout le contraire de Bernard ! Lui, il fait des blagues, mais il veille aussi sur nous." Et elle n'a pas voulu me croire. "Qu'est-ce que t'en sais ? j'ai dit. C'est moi qui vis avec un poltergeist !" »

J'ai croisé le regard de M. Brinkerhoff dans le rétroviseur et il m'a fait un clin d'œil. « Félix, où est-ce que tu habites ? m'a-t-il demandé.

— Je ne veux pas vous faire faire un si grand détour. Déposez-moi juste à l'arrêt de bus.

— C'est hors de question. On te reconduit chez toi.

— Mais…

— Il n'y a pas de mais. Alors, quelle adresse ? »

Là, j'ai séché. Comment leur donner une adresse alors que je n'en avais pas ?

Je me rappelais avoir dit à Dylan, le jour de la rentrée, que j'habitais à la limite du secteur. J'ai donc sorti la seule adresse de ma connaissance qui correspondait à la description.

Celle de Soleil.

Pendant que nous partions de plus en plus loin du Combi, M. Brinkerhoff nous a raconté des anecdotes sur les bals de sa jeunesse. J'étais incapable de me concentrer. À mi-chemin, j'ai eu le hoquet. Quand nous nous sommes garés devant chez Soleil, le père de Dylan était en train de terminer une histoire. « … comme quoi, ce n'est jamais une bonne idée de vomir sur les chaussures neuves de sa cavalière ! »

Il a arrêté la voiture. Dylan a sifflé entre ses dents. « Waouh ! Sympa, la baraque, Félix !

— On ne fait que – *hic !* – louer le sous-sol. »

M. Brinkerhoff a coupé le moteur et commencé à descendre. « Je te raccompagne à la porte. J'en profiterai pour saluer ta mère.

— Impossible ! » ai-je lancé, plus fort que je ne le voulais. « Elle est, euh… sortie. Elle avait rendez-vous avec un ami. Mais je lui passerai – *hic !* – le bonjour de votre part. »

Il m'a regardé quelques secondes de plus que ce qui aurait été confortable. « D'accord. Bon. Alors on va juste attendre ici que tu sois en sûreté à l'intérieur.

— Super. Merci de m'avoir ramené. »

Je suis descendu, ma veste posée sur le bras. J'ai traversé la rue. Deux ou trois lampes étaient encore allumées dans la maison de Soleil, y compris, Dieu merci, une au sous-sol.

Je me suis engagé dans l'allée d'accès. J'ai ouvert le portail. L'éclairage automatique s'est allumé, et j'étais juste en dessous. *Pitié, pitié, faites que personne ne regarde dehors.*

J'ai refait un signe de la main à Dylan et à son père. Le plus silencieusement possible, j'ai refermé le portail. J'ai traversé le jardin de Soleil sur la pointe des pieds et contourné la maison jusqu'au portillon de derrière, celui qui donnait sur une petite rue. Un chien s'est mis à aboyer dans la maison.

Soleil et sa famille avaient donc pris un chien. Peut-être parce qu'ils avaient peur. Et peut-être avaient-ils peur parce que quelqu'un s'était récemment introduit chez eux.

J'ai filé par le portillon de derrière. La manche de ma chemise d'occasion toute neuve s'est accrochée dans quelque chose et il y a eu un bruit de tissu qui se déchire. D'autres lumières se sont allumées dans la maison, et j'ai entendu la porte de derrière s'ouvrir. « Qui est là ? » a crié Arpad, le mari de Soleil.

J'ai pris mes jambes à mon cou. Une fois à quelques rues de distance, j'ai textoté à Dylan : *Bien rentré ! Merci !*

La belle nuit limpide était devenue froide et brumeuse. J'ai mis ma veste, mais j'ai grelotté en attendant le bus, qui était en retard. Quand il est enfin arrivé, je me suis assis à côté du chauffage. J'ai inspecté la déchirure de ma chemise. Elle était longue d'une dizaine de centimètres. J'ai eu envie de pleurer.

Mais je n'en ai rien fait. Après tout, dans l'ensemble la soirée avait surtout été merveilleuse.

Le restant du week-end s'est traîné en longueur. Dylan avait un tournoi de karaté, et Winnie allait au mariage de sa cousine. « J'adore voir ma *gōng gōng* et mon *pōpō*, mais ça n'en finit pas. On doit rester à table pour un banquet de dix plats. Dix plats ! » s'était-elle plainte la veille.

J'avais eu envie de dire : « Dix plats ! Je peux venir ? »

Astrid et moi nous sommes occupés en faisant la lessive et les courses. Le dimanche après-midi, nous sommes allés à la bibliothèque chercher des livres et utiliser le Wi-Fi gratuit.

J'avais du courrier dans ma boîte de réception.

Félicitations, Félix Knutsson !

Vous avez été sélectionné pour passer une audition et défendre vos chances de participer à *Qui, Que, Quoi,*

Quand ? – édition Junior. Les auditions auront lieu le mardi 1er novembre au Holiday Inn de Vancouver Centre. Merci d'arriver à 9 heures au plus tard. Et bonne chance !

Bien à vous,

Nazneen Iravani, productrice.

Je l'ai montré à Astrid. Nous avons poussé des cris tellement stridents que la bibliothécaire a dû nous rappeler trois fois à l'ordre.

J'ai annoncé la nouvelle à Dylan le lundi matin, en arrivant au collège. « C'est génial, Félix ! a-t-il dit. Moi aussi, j'ai reçu un mail. "*Merci mais ça ne va pas être possible*", en gros. »

Nous sommes tombés sur Winnie en montant les marches. Elle s'était acheté un béret neuf, jaune canari, avec des chaussettes assorties, également jaune canari. « Tu es… colorée, ai-je dit.

— On dirait Titi », a ajouté Dylan.

Si j'avais peur que l'ambiance ne soit gênante entre nous après le bal, mes craintes se sont envolées tout de suite. « J'ai reçu des nouvelles de *Qui, Que, Quoi, Quand ?* Je suis prise pour une audition. » Elle faisait vraiment de gros efforts pour ne pas prendre un air supérieur.

« Fantastique ! Félicitations, ai-je dit.

— Wow, a fait Dylan. J'en reviens pas, de connaître *deux* personnes qui ont décroché une audition ! »

Winnie a battu des paupières. « Ah. Félix est pris aussi ?

— Eh ouais ! » ai-je répondu.

Il lui a fallu quelques instants, mais elle a fini par me dire : « Félicitations à toi aussi. » Elle n'avait pas l'air complètement sincère.

Nous n'avions qu'une semaine pour nous préparer, et nous nous sommes donnés à fond. Tous les soirs, Dylan peaufinait notre entraînement chez lui. Parfois, Alberta et Henry se joignaient à nous, en prenant des questions dans leurs kits du club « Que le meilleur gagne ».

À force de regarder l'émission, je connaissais les domaines sur lesquels il fallait concentrer nos efforts : géographie mondiale, littérature classique, culture populaire, histoire mondiale et sciences.

« Quelle ville s'appelait autrefois Constantinople ?

— Istanbul.

— Dans quel État des États-Unis se déroule le roman de Faulkner *Le Bruit et la Fureur* ?

— Le Mississippi.

— Sur le tableau périodique des éléments, quel est le symbole du mercure ?

— Hg. »

Astrid m'interrogeait aussi quand je rentrais au garage.

« En quelle année Hitler a-t-il envahi la Pologne ?

— 1939.

— Combien de planètes y a-t-il dans le système solaire ?

— Neuf avant, huit maintenant.

— Quelle boisson avait pour slogan "Soif d'aujourd'hui" ?

— Le Coca-Cola. »

Le soir précédant les auditions, nous sommes allés au gymnase municipal. J'ai pris une longue douche. J'ai disposé tous mes vêtements sur le siège passager : mon pantalon chic assorti à mon polo rouge d'occasion tout neuf et des chaussettes propres. J'ai programmé deux alarmes. Il était hors de question que j'arrive en retard.

J'ai dit bonne nuit à Horatio, à ma mère et à Mel, et je me suis couché tôt, mais j'étais excité comme une puce. J'ai dû me réciter aux moins dix listes différentes avant de m'endormir enfin.

Puis, à 6 h 58 du matin – juste avant que mon réveil ne sonne –, la tragédie a frappé.

Quelqu'un était en train d'ouvrir la porte du garage. Ma mère a poussé un juron dans son lit. L'inconnu s'est mis à tambouriner sur le Combi en criant dans une langue étrangère. Je suis descendu de ma couchette, en pyjama Minions, et j'ai attrapé l'arme la plus proche, c'est-à-dire notre poêle à frire. Astrid, en tee-shirt et caleçon long, a ouvert la portière coulissante.

L'homme portait un bleu de travail et des chaussures de chantier. Il braillait sans discontinuer. Je n'avais pas besoin de comprendre les mots pour savoir qu'il était furieux.

« Nous avions juste besoin d'un endroit où passer la nuit, a dit ma mère. Nous allons partir. »

L'homme – probablement un ouvrier engagé pour terminer la maison – s'est emparé de son téléphone et a tapé un numéro abrégé. J'étais mort de peur.

Horatio aussi, apparemment. Il courait comme un dératé dans sa roue, comme s'il essayait de s'enfuir.

Astrid s'est glissée sur le siège conducteur et a mis les clés dans le contact. « *Tusan !* a-t-elle dit en suédois.

— Quoi ? Maman, démarre !

— On est branchés. » Elle s'est tournée vers moi. « Félix, on est branchés ! »

J'ai compris ce qu'elle voulait que je fasse. J'ai jeté un coup d'œil par la portière encore ouverte. L'homme s'est mis à parler au téléphone dans sa langue natale. Au propriétaire de la maison ? À la police ? Je n'en savais rien. Il s'est détourné de nous quelques instants, et j'ai saisi ma chance. J'ai bondi du Combi, couru jusqu'à la prise et débranché notre rallonge. Astrid a démarré le moteur.

L'homme s'est retourné et m'a vu. Alors que je remontais à bord, il m'a attrapé par mon haut de pyjama.

Je lui ai mordu la main, de toutes mes forces.

Il a poussé un cri et lâché. Et moi, j'ai plongé dans le Combi.

Astrid est sortie en trombe du garage pendant que je m'efforçais de refermer la portière. L'homme a continué de nous crier après en brandissant les poings pendant que nous prenions de la distance.

« Bon, bon, ça va, Lilla Gubben », me répétait ma mère comme un mantra. De retour à Jericho Beach, nous étions garés sur le parking de la plage. Assis à côté d'elle, sur le siège passager, je tremblais de tous mes membres.

« Comment tu peux dire ça ? Rien ne va ! Comment sais-tu qu'il n'était pas en train d'appeler les flics pour leur donner notre numéro d'immatriculation ? Comment sais-tu qu'ils ne sont pas déjà en train de nous rechercher ?

— Il n'a pas appelé les flics. Il parlait sûrement avec le propriétaire, ou l'entrepreneur.

— Mais il a pu copier notre numéro de plaque, ou le retenir par cœur. Le proprio a pu lui dire d'appeler les flics tout de suite…

— Félix, arrête. Arrête avec ta parano…

— Ne me traite pas de parano ! Ce n'est pas parce que je suis le seul à être raisonnable dans cette famille que je suis parano ! »

Elle a tourné les yeux vers moi. « Aïe. Ça fait mal, ça. »

J'ai été pris de hoquet. « Je l'ai mordu. Tu te rends compte ? Je l'ai – *hic !* – mordu !

— C'était de la légitime défense. »

J'ai vu l'heure affichée sur le tableau de bord. « Oh, merde !

— Quoi ?

— Je devais – *hic !* – retrouver Winnie à l'arr… – *hic !* – l'arrêt de bus *maintenant*.

— Ça va aller, Böna. Ça va aller. »

Elle a essayé de me faire un câlin, mais je me suis dégagé. « Non, Astrid. Ça ne va pas ! Rien ne – *hic !* – ne va ! »

Elle a inspiré à fond. « Tu as raison. Ça ne va pas. Mais pour l'instant, il faut que tu te ressaisisses. Va aux toilettes te changer, et je te conduirai au centre-ville. »

J'ai cherché mes chaussures. « Oh, non. *Nooon !*

— Quoi donc ?

— Mes chaussures sont restées dans le garage. Je les avais laissées à l'extérieur du Combi parce que tu disais qu'elles puaient. »

J'ai songé aux autres choses que nous avions laissées derrière nous : les chaises pliantes, le chauffage, la casserole, les assiettes.

« Ça ne fait rien. Tu en as d'autres.

— J'ai – *hic !* – des bottes en caoutchouc.

— Eh bien, mets-les. »

J'ai enfilé mes bottes. Je suis descendu du Combi en serrant mes vêtements contre moi et j'ai couru jusqu'aux sanitaires de la plage. Plus je m'en approchais, plus je me rendais compte qu'il fallait que je fasse mes besoins. La petite *et* la grosse commission. J'ai attrapé la poignée de la porte des toilettes des hommes et tiré.

C'était fermé à clé.

J'ai poussé, par acquit de conscience, puis j'ai essayé de pousser *et* tirer. D'habitude, les toilettes ouvraient bien plus tôt le matin. Pourquoi fallait-il que, précisément ce jour-là, le type qui vient ouvrir soit en retard au travail ?

La panique a commencé à me monter dans la gorge. Je ne savais plus quoi faire. Je n'avais pas le choix.

J'ai couru jusqu'à un arbre et descendu mon bas de pyjama Minions.

J'ai tout lâché.

Des gens promenaient leur chien sur le chemin, mais ils étaient assez loin pour ne pas voir ce que je faisais. Cela ne changeait rien : de toute ma vie, je ne m'étais jamais senti aussi mal.

Aussi lamentable, minable.

Heureusement, j'avais des vieux Kleenex roulés en boule dans la poche de mon sweat. En revanche, impossible de nettoyer ce que je laissais derrière moi. Je ne pouvais pas non plus me laver les mains. Depuis des semaines que nous vivions dans le Westfalia, c'était la première fois que je me sentais vraiment sans abri.

Et sans espoir.

J'ai remonté mon bas de pyjama et fait demi-tour pour regagner le Combi. C'est là que j'ai vu une femme, à peut-être vingt mètres de moi, qui promenait son teckel.

À sa tête, j'ai compris qu'elle avait tout vu. Elle m'observait bouche bée, muette de dégoût.

Vous faites la dégoûtée ! Imaginez ce que je ressens, moi ! ai-je eu envie de lui crier.

Astrid m'a conduit au centre-ville. Il y avait des embouteillages. Elle a essayé de me parler, de me remonter le moral, mais j'ai refusé de répondre.

Je me suis changé à l'arrière pendant qu'elle se frayait un chemin dans la circulation de l'heure de pointe. J'ai tartiné une tonne de déodorant sous mes aisselles et un peu dans mon slip. Ça piquait.

« Tu veux que je me gare et que je t'accompagne ? » m'a-t-elle demandé quand nous nous sommes enfin arrêtés devant le Holiday Inn avec cinq minutes d'avance.

Elle était encore en caleçon, les cheveux complètement emmêlés ; on aurait dit la folle du village.

« Non. » J'ai ouvert la portière et je suis descendu.

« Bon, d'accord, je vais t'attendre ici… »

Là, une vague de rage brûlante m'a submergé. « Non ! Va-t'en ! Je rentrerai en bus. Je ne veux plus te voir ! » J'ai claqué la portière.

Et en me retournant, je suis tombé nez à nez avec Winnie. Coiffée de son béret jaune, et bouche bée devant l'entrée de l'hôtel.

Nous nous sommes précipités dans l'escalier.

« Je t'ai attendu. »

La ferme.

« Je me suis inquiétée. J'ai laissé passer deux bus. »

La ferme !

« Je t'ai envoyé des SMS…

— Écoute, je m'excuse. Vraiment. Je ne pouvais rien faire.

— Tu portes des bottes en caoutchouc avec ton pantalon de costard. Et ton polo a une petite tache de gras…

— Tu es de la police de la mode ? Je *sais*, OK ? »

Elle s'est tue. Pendant trois secondes. « Je suppose que c'est à cause de ta mère, a-t-elle dit quand nous nous sommes engouffrés dans le couloir du premier étage, en suivant les écriteaux « QUI, QUE, QUOI, QUAND ? – AUDITIONS ».

— Oui.

— Pourquoi est-ce que tu lui criais dessus ?

— C'est à cause d'elle que j'ai pris du retard.

— Ça t'arrive souvent de lui crier dessus comme ça ?

— Non ! Évidemment que non.

— Parce que, quoi qu'elle ait fait, je ne suis pas sûre qu'elle mérite une telle…

— Winnie, par pitié, je t'en supplie, tais-toi. »

Sa figure entière a comme implosé. Elle a ralenti le pas. Puis a repris la parole d'une voix légèrement tremblante.

« Attends, tu viens de me dire de me taire, là ? »

Je n'ai pas répondu.

« J'ai été élevée de manière à avoir un sens aigu du féminisme et une solide estime de moi-même. Il m'est donc impossible de sortir avec quelqu'un qui me maltraite verbalement et qui a des comportements abusifs.

— Parce qu'on sort ensemble ? Première nouvelle. » Ses yeux se sont emplis de larmes. « Allez, quoi, Winnie. Pardon. J'essaie juste de rassembler mes idées. J'ai passé la pire matinée…

— C'est exactement ce que font les hommes violents. Ils se trouvent des excuses. Et ensuite, ils recommencent. Et en plus, la manière dont tu traites ta propre mère…

— C'est compliqué ! Tu n'imagines pas à quel point ! » Nous étions arrivés.

« Au fait, a-t-elle ajouté, ton déo est suffocant.

— Ah oui ? Qui maltraite l'autre verbalement, maintenant ?

— Vous arrivez de justesse, vous deux, a dit la femme installée à une table à côté des portes. Une minute de plus, et on ne vous aurait pas acceptés.

— Toutes mes excuses, a dit Winnie.

— De ma part aussi. D'habitude, nous sommes très ponctuels. » J'ai jeté un coup d'œil dans la salle. Elle était remplie de chaises pliantes, occupées par des jeunes de notre âge. Ils étaient au moins quarante.

« Il va me falloir une pièce d'identité et votre formulaire d'autorisation parentale. » Par chance, j'avais rangé tous les documents nécessaires dans une pochette la veille au soir. Je les lui ai tendus.

La femme nous a donné à chacun un badge avec un numéro, que nous devions nous épingler sur la poitrine. « Allez attendre là-bas que votre nom soit appelé. »

Je me suis assis. Il y avait une chaise libre à côté de la mienne, mais Winnie est allée s'installer à l'autre bout de la pièce, le plus loin possible de moi.

J'ai commencé à avoir des nœuds dans l'estomac.

Je me suis levé et j'ai demandé à la dame de l'accueil si j'avais le temps d'aller aux toilettes. Elle a hoché le menton, mais m'a recommandé de faire vite. J'ai filé dans le couloir et j'ai fait pipi, après quoi je me suis récuré les mains pendant quatre bonnes minutes. J'ai pris une serviette en papier que j'ai humectée, puis passée sous ma chemise et dans mon pantalon pour retirer un peu de l'odeur de déodorant. Je me suis recoiffé avec mes doigts. J'ai essayé de tirer mes jambes de pantalon sur mes bottes en caoutchouc de manière à ce qu'on n'en voie que le bout , mais elles étaient trop étroites. Je savais que j'avais l'air d'une nouille. Je me suis dit que j'allais simplement devoir assumer, et faire comme si c'était mon look personnel.

Les candidats étaient convoqués dans la salle d'audition par groupes de quatre. Au bout d'une heure et demie, Winnie a été appelée avec trois autres. J'ai voulu lever le pouce quand elle est passée à côté de moi, mais elle refusait de croiser mon regard.

J'ai continué d'attendre en tâchant de ne pas penser à la faim qui me rongeait l'estomac.

Une vingtaine de minutes plus tard, les portes se sont rouvertes et Winnie est sortie avec deux autres concurrents. Elle refusait toujours de regarder dans ma direction. Mais elle avait l'air très malheureuse.

Je me suis levé pour aller la voir, mais un homme est arrivé, a consulté une liste sur sa planchette à pince, et a dit : « Alicia Jones, Sherman Wong, Félix Knutsson. »

Mes boyaux se sont tordus en forme de bretzel. J'ai suivi les deux autres dans la pièce à côté. Elle était plus grande que la première, et une sorte de faux décor de *Qui, Que, Quoi, Quand ?* avait été installé, avec des podiums pour les candidats. Chaque podium était équipé d'un buzzer. Deux personnes, derrière des caméras énormes, se tenaient prêtes à nous filmer. Une petite grappe d'hommes et femmes en costard ou en tailleur étaient assis dans des fauteuils pivotants confortables. Horatio Blass n'était pas parmi eux. J'ai éprouvé un pincement de déception.

Ils avaient demandé à une des filles de l'audition de Winnie de rester. Elle s'appelait Sari et occupait le dernier podium à droite. On m'a guidé jusqu'à un de ceux du milieu. Je gardais les bras bien serrés contre mes flancs pour libérer le moins possible d'odeur corporelle et/ou de déodorant.

L'homme qui nous avait fait entrer s'est présenté. « Bonjour, tout le monde, je suis Gouresh, responsable des relations avec les concurrents. » Il nous a donné de brèves instructions pour utiliser les buzzers.

Puis l'une des femmes en tailleur, à l'air sévère, avec ma couleur de peau et les cheveux blancs, a annoncé : « Moi, je suis Nazneen, une des productrices de l'émission. Nous allons disputer un tour de jeu en simulant les conditions réelles. Bien sûr, nous partons du principe que vous connaissez le format. »

Nous avons hoché la tête tous les quatre. Mon estomac a gargouillé. « Oups ! Il y en a un qui a oublié de prendre son petit déjeuner », a dit Nazneen, et les autres ont ri. Mon micro avait capté le son. J'ai senti le rouge me monter aux joues.

« Bien, on va commencer. »

La fausse partie m'a semblé durer au moins une demi-heure, mais ce n'était sans doute qu'une dizaine de minutes.

« Dans quelle ville se déroulent les amours de Roméo et Juliette ? » (Vérone.)

« Comment s'appelle le fleuve qui marque la séparation entre la terre et les Enfers ? » (Le Styx.)

« Quel empereur romain se fit construire un palais d'or ? » (Néron.)

« Quel chanteur pop a grandi à Stratford, Ontario ? » (Justin Bieber.)

« Pour visiter les ruines de Persépolis, dans quel pays faut-il se rendre ? » (L'Iran.)

C'était un feu nourri de questions. J'ai mis un petit moment à me familiariser avec le buzzer, mais ensuite j'étais lancé. J'ai donné pas mal de réponses avant les autres, et presque toujours avec succès. Sari aussi.

L'expression des jurés ne révélait rien. Quelques-uns ne nous regardaient même pas. Il y en avait même un qui lisait quelque chose sur son téléphone.

« Bien, merci beaucoup, a dit Nazneen. Sherman et Alicia, vous pouvez partir. Sari et Félix, restez, je vous prie. »

Sherman et Alicia sont sortis avec un air maussade. Puis les jurés ont fait entrer deux autres concurrents des tours précédents à qui on avait demandé de rester. Nous avons disputé une autre partie, plus difficile. Cette fois, il n'y a qu'à moi qu'on a demandé de rester.

« Maintenant, Félix, nous avons quelques questions personnelles à te poser, a dit Nazneen. Sur ta vie à la maison, tes hobbies… Parle-nous de ta famille.

— Elle est petite. Il n'y a que ma mère et moi.

— Et tu es fan de *Qui, Que, Quoi, Quand ?*

— Oh, oui. J'ai commencé à regarder avec ma *mormor* quand j'étais petit. Même que ma gerbille s'appelle Horatio Blass. » Le type qui n'avait pas décollé les yeux de son portable a relevé la tête un instant.

« Nooon ! a fait Nazneen.

— Je vous jure. Je lui ai donné le nom du présentateur parce que c'est mon émission préférée au monde. » Deux jurés ont pris des notes. Puis mon ventre s'est remis à gargouiller. « Pardon. Je n'ai pas pris de petit déj. C'est le trac.

— Bien, dis-moi, Félix. Que feras-tu de l'argent si tu gagnes ?

— Comment ça, il y a de l'argent ? »

Si ridicule que cela puisse paraître, je n'avais jamais pensé à ça. Je savais que les adultes jouaient pour de l'argent, mais je n'avais pas compris qu'il y avait aussi un chèque à la clé pour les gagnants de l'édition junior.

« Bien sûr. Mille dollars pour la participation, deux mille cinq cents pour chacun des quatre finalistes. Et vingt-cinq mille pour le gagnant. »

Mes oreilles se sont mises à siffler. J'ai dû me cramponner à mon podium.

Vingt-cinq mille dollars.

Nazneen attendait ma réponse. « Je le donnerai à ma mère. Pour qu'elle nous trouve un logement décent. »

Les jurés se sont regardés entre eux, même celui au téléphone. « D'accord. Merci. Tu recevras des nouvelles dans les deux semaines. » Elle m'a tendu une boîte de beignets ouverte sur la table. « Tiens, prends-en un pour la route. »

J'en ai choisi un à la confiture, mes préférés. « Merci. Merci mille fois ! »

Je suis retourné à l'arrêt du bus en me régalant de mon beignet. Des miettes de glaçage tombaient sur mon pantalon de costume et sur mes bottes en caoutchouc, mais je m'en fichais. Une seule pensée tournait en boucle dans ma tête.

Vingt-cinq mille dollars.

Vingt-cinq mille dollars, cela voulait dire fini les nuits glaciales. Fini les toilettes publiques. Fini le vol à l'étalage. Fini les mensonges.

Vingt-cinq mille dollars, c'était plus que suffisant pour payer le loyer pendant au moins un an. Assez pour nous sortir de la misère à jamais.

Je suis arrivé au collège pendant la pause-déjeuner. Voyant Dylan devant son casier, je me suis approché de lui dans mes bottes en caoutchouc. « Amigo ! m'a-t-il lancé. Alors ? Comment ça s'est passé ?

— Plutôt bien, je crois.

— Winnie est arrivée tout à l'heure. Avec un petit nuage noir au-dessus de la tête.

— Oui, je ne crois pas que ça ait marché pour elle. Et en plus, elle m'en veut.

— Pourquoi ?

— Je lui ai dit de la fermer.

— Ah. Bah, je comprends la tentation.

— Ouais.

— Mais tu devrais sans doute t'excuser. Tu sais, pour notre bien à tous. »

J'ai acquiescé. « Dis-moi merde. »

Il m'a tapoté l'épaule. « Merde. » J'ai emprunté les couloirs bondés jusqu'au réfectoire, où j'ai repéré de loin le béret jaune de Winnie. Mais il n'était pas sur sa tête : Donald et Vlad jouaient au Frisbee avec.

Winnie, entre eux deux, sautait pour essayer de le rattraper. « Arrêtez, les mecs, c'est pas drôle. »

Tout à coup, je me suis retrouvé dans une colère noire. En colère à cause de Winnie, bien sûr. Mais ma rage était comme une pieuvre ; elle avait de nombreux tentacules.

J'avais vraiment beaucoup grandi depuis septembre, car quand Donald a de nouveau lancé le béret je l'ai rattrapé sans effort en plein vol. Je l'ai rendu à Winnie.

« Pourquoi t'as fait ça ? m'a demandé Donald. On s'amusait un peu, c'est tout. »

J'ai pris sa casquette de base-ball sur sa tête et je l'ai jetée dans une poubelle. « Et ça, ça t'amuse ? Tu ne trouves pas ça un peu agressif et menaçant ? Parce que c'est l'effet que ça fait à Winnie.

— Évite de parler à ma place, merci bien », est-elle intervenue. Puis elle a ajouté : « Mais il n'a pas tort, c'est vrai que je trouve ça agressif.

— Hé ! l'a coupée Donald. C'est à moi, ça !

— Quoi ? »

Il contemplait mon torse. « Ce polo.

— Mais non. Je viens de l'acheter.

— Pas neuf, en tout cas. Regarde, il y a la tache de cambouis de mon vélo et tout. C'est pour ça que ma mère l'a donné. Au magasin des pauvres. »

J'avais maintenant mal au cœur. « Ce n'est pas un magasin de pauvres. C'est une friperie.

— Ouais, là où les pauvres s'achètent des fringues. Tu vois quelqu'un de normal s'acheter un polo d'occase plein de taches, toi ? »

Grâce à ma poussée de croissance, je mesurais cinq bons centimètres de plus que Donald. Et pourtant, je ne m'étais jamais senti aussi petit.

Winnie s'est alors tournée vers lui, les poings sur les hanches. « T'es vraiment un abruti, Donald. Des tas de gens très cool font leur shopping dans les friperies. Évidemment, toi, tu ne risques pas de savoir ce qui est cool. »

Il a haussé les épaules. « C'est ça. Tout ce que je dis, c'est que c'est là que ma mère donne les vieux machins dont on ne veut plus.

— Je m'étonne qu'elle n'ait pas essayé de te donner, *toi* », a persiflé Winnie.

Cette fois, c'est lui qui a eu l'air vexé. Il a ressorti sa casquette de la poubelle. « Bref. Vous vous êtes bien trouvés, tous les deux. Vous êtes aussi relou l'un que l'autre. »

Il s'est éloigné avec Vlad.

Je savais que j'étais tout rouge. Je ne pouvais même pas me résoudre à regarder Winnie. À la place, je contemplais une tache sur le sol en lino.

« Trois choses, m'a-t-elle dit. Un, Donald est une crotte. Deux, ce polo te va très bien. Et trois, même si je te suis partiellement reconnaissante pour ton petit numéro de chevalier servant, ça n'excuse pas ton comportement de tout à l'heure. »

Sur ces mots, elle a remis son béret sur sa tête et elle est sortie.

Je l'ai retrouvée dans la cour, en train de disposer son déjeuner sur une table de pique-nique : deux sandwichs, deux flans, une mandarine, un bâtonnet de fromage et un sachet de crackers de riz.

Je me suis assis face à elle. « Tu n'as pas froid ? »

Elle a mordu dans un de ses sandwichs. « Je t'ai autorisé à te joindre à moi ?

— Non. Et je vais te laisser dans une minute, promis. Je n'aurais jamais dû te parler comme ça ce matin. Je suis désolé. C'est juste que… j'ai pas mal de problèmes, dont je ne peux pas parler. Mais je n'aurais jamais dû retourner ça contre toi. »

Elle a relevé les yeux de son sandwich. « Pourquoi tu ne peux pas en parler ?

— Ce serait trahir la confiance de quelqu'un.

— De ta mère ? »

J'ai fait oui de la tête. Comme elle n'ajoutait rien, je me suis levé pour partir.

« Attends. Où est ton déjeuner ?

— Je l'ai oublié. » Un mensonge « invisible ».

Elle a poussé vers moi son deuxième sandwich et un de ses flans. « Mange. »

Je me suis rassis. J'avais tellement faim que même son pain ne m'a pas paru si mauvais.

« Et tu l'es, alors ? m'a-t-elle demandé.

— Si je suis quoi ? »

Elle a gardé les yeux rivés sur la table. « Pauvre.

— Je ne sais pas. Peut-être.

— Ça doit être dur.

— Ça va. Je t'assure. C'est temporaire. »

Elle m'a passé la moitié de son bâtonnet de fromage et de sa mandarine, que j'ai acceptées sans un mot.

« Désolé que ça ne se soit pas mieux passé pour toi ce matin.

— J'ai foiré. Le buzzer m'a paralysée.

— Je suis sûr que la même chose est arrivée à des tas de gens intelligents. C'était stressant.

— Et toi ?

— Bien, je crois.

— Alors c'est quoi, la suite ?

— Ils nous diront d'ici deux semaines si on est pris pour l'émission. »

Elle a soulevé son sachet de crackers et m'a fait signe d'ouvrir les mains. Puis elle en a versé un tas dedans. « Je suis contente pour toi », m'a-t-elle dit. Et cette fois, elle avait l'air sincère.

Astrid m'a envoyé par SMS le nouvel emplacement du Combi, en me disant qu'elle cherchait du travail et qu'elle rentrerait pour le dîner.

C'était loin à pied. Elle avait garé le Westfalia dans une rue tranquille du quartier de Dunbar, loin du garage de Point Grey. J'ai remarqué qu'elle avait étalé de la boue sur les plaques d'immatriculation pour les rendre moins lisibles.

Je suis monté à bord et j'ai refermé la portière derrière moi. J'ai retiré ma veste et le polo rouge pour enfiler mon sweat à capuche. Puis je suis ressorti. Je me suis rendu dans un parc non loin de là et j'ai jeté le polo dans une poubelle.

« Tiens, je t'ai trouvé ça aujourd'hui, m'a dit Astrid à son retour. J'espère que c'est ta pointure. »

Elle me tendait une paire de Converse noires quasi neuves. Je les ai prises sans un mot. Je ne tenais pas à savoir où et comment elle les avait dégotées.

J'ai continué de lui faire la tête pendant tout le dîner (du ragoût en boîte). « Je sais que tu m'en veux toujours, a-t-elle dit. Et je te comprends. Mais vas-tu me raconter ton audition, à la fin ? J'ai envie de savoir !

— Ça s'est bien passé.

— Allez, Böna. S'il te plaît ? »

Ses yeux brillaient. J'ai cédé. Je lui ai relaté la matinée dans le détail, en omettant seulement l'argent qu'il y avait à gagner. Je ne voulais pas lui donner de faux espoirs. Plus tard, alors que nous étions au lit, elle m'a dit dans le noir : « Ça va s'arranger bientôt, Félix. Je te le promets. »

Avant, je la croyais quand elle disait ce genre de choses. Puis, pendant un moment, j'ai vu ça plutôt comme un mensonge « pour la paix des ménages ». Mais là ? Il me semblait que c'était plutôt un « quelqu'un risque de perdre un œil ».

Astrid est retombée dans un Marasme. « Je fais tellement d'efforts pour trouver du travail ! m'a-t-elle dit, enfouie sous ses couvertures, quelques jours plus tard. Je ne comprends pas pourquoi personne ne veut m'embaucher. »

J'avais une théorie de mon côté : depuis des semaines, elle ne soignait plus son apparence comme avant. Ses vêtements étaient chiffonnés. Elle était livide, les traits tirés. Ses cheveux ondulés n'étaient pas coiffés. Si moi je le voyais, les employeurs potentiels le voyaient aussi. Mais je me suis contenté de répondre : « Je ne comprends pas non plus. »

Un mensonge « pour la paix des ménages ».

Le lendemain, j'ai attrapé un vilain rhume. Le stress, l'humidité et le manque de sommeil ont fini par avoir raison de mon système immunitaire habituellement excellent. Bien que me sentant subclaquant, je me suis traîné jusqu'au collège, parce que passer mes journées coincé dans le Combi avec ma mère déprimée était tout simplement au-dessus de mes forces. En plus, le numéro d'octobre du journal allait sortir, et je tenais à le voir.

Cette fois, l'article de Winnie venait en premier dans les pages en français. De mémoire, cela donnait quelque chose dans ce genre :

« ON CROIT QUE ÇA N'ARRIVE QU'AUX AUTRES »
Par notre envoyée spéciale, Winnie Wu

Imaginez : il fait froid, il fait nuit, il pleut. Au lieu de vous mettre douillettement au lit dans votre maison bien chaude, vous vous installez sur un vieux carton sous un porche, recroquevillé sous un sac de couchage crasseux et moisi, en espérant dormir quelques heures sans vous faire chasser ou tabasser. C'est la vie de Bob le Prêcheur. Il est SDF depuis vingt ans, et, comme il le dit : « On croit que ça n'arrive qu'aux autres. Mais ça peut arriver à n'importe qui. »

Et il a raison ! Savez-vous que Bob le Prêcheur a eu un emploi stable, autrefois ? Il a fait des études supérieures. Il a eu une femme et des enfants. Et maintenant, regardez-le ! Quelques événements malheureux, et bim ! Pourtant, nous sommes nombreux à ne pas le considérer comme un des nôtres, comme s'il était à peine humain, au lieu d'un homme qui a joué de malchance et n'a pas pu se relever. Notre maire et notre Premier ministre parlent beaucoup de mettre fin au mal-logement, mais les paroles ne valent rien sans l'action ! Quand allez-vous agir, les politiciens ?

Quant à nous, essayons d'être plus gentils. Car, pour être franche, j'ai remarqué que certains, dans notre propre collège, ne sont pas très charitables envers ceux qui sont peut-être un peu moins favorisés qu'eux. Mais vous savez quoi ? Ce n'est pas parce qu'on a moins d'argent qu'on a moins de qualités. En fait, c'est parfois même le contraire…

Et ainsi de suite. L'article occupait une page et demie sur les trois en français. Ma grille de mots croisés et mon billet « La France étonnante » (sur l'invention de la montgolfière) ainsi que la suite des réflexions de Dylan sur les poltergeists étaient tassés dans l'espace restant. Nous ne nous sommes pas vexés, car nous savions que c'était le rêve de Winnie. Elle rayonnait de bonheur chaque fois qu'elle recevait un compliment. « Merci, l'ai-je entendue dire. Je compte devenir une journaliste de renommée mondiale, et c'est un premier petit pas vers mon objectif. » Ah, Winnie !

Mais au cours de la matinée, mon rhume s'est aggravé.

« Mon pote, m'a soufflé Dylan, on dirait que tu as de l'emphysème. Tu ne devrais pas être en cours. »

Je savais bien qu'il avait raison. Mais où aller ?

Quand la sonnerie du déjeuner a retenti, M. Thibault m'a demandé de rester. « Ça n'a pas l'air d'aller du tout, Félix. Je vais devoir te demander de rentrer chez toi te reposer. » J'ai fait oui de la tête. « À propos de chez toi… est-ce que tout va bien à la maison ? »

Il m'a posé la question en anglais, ce qui m'a inquiété. « Oui, pourquoi ?

— Je ne te reconnais pas, ces derniers temps.

— Tout va bien. C'est juste que je suis malade. »

Il m'a observé attentivement pendant quelques instants. « D'accord. Allez, rentre chez toi. » *Chez moi ? Où ça ?* ai-je eu envie de hurler.

Je ne suis pas retourné au Combi. Je ne me voyais tout simplement pas affronter Astrid. Je me suis rendu à la bibliothèque et je me suis endormi à une table.

Une heure plus tard, c'est un bruissement près de moi qui m'a réveillé. J'ai relevé la tête, les yeux encore dans le vague. Un vieux bonhomme était assis au poste de travail d'à côté. Il me dévisageait ouvertement avec un grand sourire. Puis j'ai compris d'où venait le bruissement. Il avait son engin sorti, et il le tenait dans sa main.

J'ai fait un bond et je me suis enfui de la bibliothèque. J'ai erré dans l'avenue Broadway, encore secoué et tout faible. Je suis entré dans la librairie Kidsbooks, où j'ai feuilleté des livres pendant un long moment. Les employés ont eu la gentillesse de ne pas me faire sentir que j'abusais. J'étais embêté de laisser sans doute une flopée de microbes sur les pages.

Mon estomac criait famine. Je n'avais mangé qu'une pomme farineuse au petit déjeuner. En repartant, je suis passé devant l'épicerie Ahmadi. Les fruits et légumes formaient de hautes piles sur le devant, notamment les bananes. J'adore les bananes.

J'ai pensé à mon registre, qui était dans le Combi. Ça ne serait sûrement pas grave que je prenne une banane – rien qu'une – et que je la note à mon retour ? Après tout, je comptais rembourser un jour les autres articles volés par ma mère.

J'ai discrètement observé les alentours. L'homme qui travaillait dans la boutique – j'ai supposé que c'était M. Ahmadi – était en train de décharger un cageot d'oranges. J'ai attrapé une main de bananes, j'en ai arraché une et je l'ai fourrée dans ma poche. Puis j'ai commencé à m'éloigner, en me remémorant le conseil d'Astrid : rester calme.

Une grosse main m'a agrippé par l'épaule. « Jeune homme, tu viens avec moi. »

M. Ahmadi m'a fait passer devant sa femme, qui a secoué la tête avec réprobation. Il m'a emmené dans une minuscule pièce encombrée, au fond de la boutique, et m'a toisé, les bras croisés sur son torse en tonneau. « Pardon, ai-je dit. Je suis désolé. » Je tremblais autant de peur que de fièvre. « Je ne le referai plus, promis. Je n'ai jamais rien volé de ma vie. » C'était la vérité. Ma mère avait beaucoup volé, mais pas moi. « Je vous en supplie, n'appelez pas la police.

— Je ne vais pas appeler la police. Mais je vais appeler tes parents.

— C'est vraiment nécessaire ?

— Tout à fait. Apparemment, c'est le seul moyen de vous faire comprendre, à vous les jeunes, que voler n'est pas une plaisanterie. »

Je lui ai donné le numéro de ma mère.

« Comment t'appelles-tu ? m'a-t-il demandé en commençant à le composer.

— Félix. Félix Knutsson.

— Ça ne répond pas », a-t-il constaté. Et moi, j'ai pensé : *C'est parce qu'elle est dans son Marasme.*

« Je vais essayer avec mon téléphone, ai-je proposé. Elle décrochera si elle voit mon nom. »

J'ai appelé. M. Ahmadi m'a fait signe de lui passer l'appareil. « Bonjour, vous êtes la mère de Félix Knutsson ?... Je viens de surprendre votre fils à me voler une banane. Épicerie Ahmadi, sur Broadway... Oui, c'est bien ça. » En raccrochant, il m'a dit : « Elle arrive dans une demi-heure. »

Il s'est assis sur le petit bureau. « Sais-tu à quel point c'est fréquent que les gamins du quartier essaient de nous voler des choses ? Ils croient que ça ne fait rien. Mais ma femme et moi, nous travaillons très dur. Sept jours sur sept. Nous gagnons notre vie, mais à peine. Quand on nous vole, ça fait mal. C'est nous qui payons, et nos marges sont déjà assez réduites comme ça. »

J'étais mort de honte. « Pardon, vraiment, ai-je répété.

— Pourquoi tu as fait ça ? Pour un pari ? Ou juste pour t'amuser ? »

J'ai fait non de la tête. « J'avais faim. »

Il m'a regardé de la tête aux pieds. « Tu es maigre comme un clou. Tu manges assez ?

— Oui. La plupart du temps.

— C'est difficile à la maison ?

— Juste une mauvaise passe. » Tout à coup, mon estomac s'est mis à gronder. Dans le silence de la pièce, le bruit était assourdissant.

M. Ahmadi m'a donné la banane. « Mange. »

J'ai essayé de mastiquer lentement. Mais j'étais tellement affamé que je n'en ai fait qu'une bouchée. L'expression de M. Ahmadi était indéchiffrable. « Ne bouge pas. »

Il est sorti de la pièce. J'ai vu qu'il parlait à sa femme.

Un instant plus tard, il est revenu avec deux gros muffins emballés dans du plastique. « Ma femme dit que tu nous ferais une grande faveur si tu pouvais les manger. La date de péremption tombe aujourd'hui. »

Je les ai engloutis. Ils étaient délicieux. « Merci. »

Astrid est arrivée peu après. On aurait dit qu'elle venait de se réveiller. « Il a volé une banane ? a-t-elle dit à M. Ahmadi.

— Exactement.

— Ça coûte combien, une banane ?

— Ce n'est pas la question…

— Combien ? Cinquante *cents* ? » Elle a sorti sa petite monnaie. Elle a pris son temps, posant les piécettes une à une sur le comptoir pendant que nous la regardions. Je voyais bien qu'elle essayait de prouver quelque chose, et je l'ai détestée de faire ça. « Tenez. Le voilà, votre argent.

— Astrid, ai-je dit. Arrête.

— Tout ça pour un fruit pourri. »

M. Ahmadi s'est raidi. « Le fruit n'est pas la question. Votre fils a faim. »

L'expression farouche d'Astrid a vacillé ; elle n'avait pas de réplique à cela. « On s'en va », m'a-t-elle dit. Elle s'est retournée pour partir.

Mme Ahmadi m'a fourré encore deux muffins dans les mains. Son mari me fixait du regard. « Sois fort, Félix. »

J'ai eu l'impression qu'ils lisaient en moi comme dans un livre ouvert, tous les deux. Et comme cela me faisait paniquer, je me suis dépêché de suivre ma mère.

NOVEMBRE

Une semaine s'est écoulée sans que le Marasme d'Astrid montre le moindre signe d'amélioration. C'était le plus long qu'elle ait eu à ce jour. « Tu prends tes médocs ? lui ai-je demandé un matin.

— Non.

— Pourquoi ?

— J'ai dû faire un choix, ce mois-ci. C'était la facture de téléphone ou les médocs. »

Je faisais de mon mieux pour m'occuper d'elle. Je préparais les repas et tâchais de lui remonter le moral. Mais je me débrouillais aussi pour éviter le Combi autant que possible. Je suis devenu un habitué de chez Dylan, au point qu'un soir Mme Brinkerhoff a tenu à parler à ma mère. J'ai appelé Astrid et je la lui ai passée. J'ai entendu des bribes de conversation ; Astrid faisait le numéro d'actrice de sa vie. « Un nouveau travail qui me retient tard le soir… très heureuse de savoir qu'il est le bienvenu chez vous… quelle bonne nouvelle que nos fils se soient retrouvés… Il faut que vous veniez dîner, dès que j'aurai un peu plus de temps. »

Chaque fois que j'avais accès au Wi-Fi, je consultais mon téléphone pour voir s'il y avait des nouvelles de *Qui, Que, Quoi, Quand ?* Et toujours rien.

Un soir, j'ai entendu Astrid au téléphone, alors que j'arrivais au Combi. « Ce n'est pas le moment, disait-elle. Je suis débordée, avec ce nouveau boulot. » Un mensonge. « Je peux lui poser la question. Mais il est très pris par le collège. » Encore un mensonge. « Je crois qu'il a une sortie scolaire ce week-end. » Et un de plus.

J'ai fait coulisser la portière. Astrid a eu l'air d'être prise les doigts dans le pot de confiture.

« À qui tu parles ? » ai-je demandé d'une voix forte. Assez forte pour que celui qui était au bout du fil puisse m'entendre.

Elle a eu un sourire forcé. « À Daniel. » Mon père.

Daniel est – ou du moins, était – le meilleur ami de ma mère. Après la mort du Félix d'origine, elle a déménagé à Toronto pour s'éloigner le plus possible des souvenirs, et de ses parents. Elle est allée à la fac là-bas – sa troisième tentative de faire des études. En anthropologie. Sur un coup de tête, elle s'est aussi inscrite à deux cours du soir au collège d'Art et de Design de l'Ontario.

C'est là qu'elle a rencontré Daniel Palanquet. Il a deux ans de moins qu'elle. « Il parlait couramment le français. Il était beau à tomber. Il était drôle, gentil, tout ce dont j'avais toujours rêvé chez un homme, m'a raconté Astrid. Sauf qu'il était homo. »

Astrid m'a souvent fait le récit de leur amitié. Ils se sont tout de suite bien entendus. Elle a abandonné la fac et s'est inscrite à plein temps dans son école d'arts graphiques. Tous deux ont emménagé ensemble, dans un entrepôt où ils vivaient illégalement car il n'était pas censé servir de logement. Il n'y avait pas de douche, juste des toilettes au bout du couloir, partagées avec d'autres artistes, et un lavabo qui n'avait qu'un robinet d'eau froide.

Mais ils s'en fichaient. Ils étaient heureux. Ils menaient la vie d'artiste. Ils donnaient des fêtes gigantesques. Et ils s'adoraient. « On formait un couple, à tout point de vue. Enfin… presque, si tu vois ce que je veux dire. »

Astrid a tendance, parfois, à donner trop d'informations.

Daniel était toujours là pour ma mère. Elle a eu beaucoup de Marasmes dans les années qui ont suivi la mort du Félix d'origine. Il veillait à ce qu'elle se nourrisse et s'habille, mais aussi, il évitait de lui dire de se secouer, ou de sourire, ou d'essayer de voir le bon côté des choses. Il comprenait que ce n'était pas si simple.

Ils se sont vraiment bien entendus pendant des années. Les galeries ne s'intéressaient pas à leur art, mais ils se disaient qu'ils allaient percer un jour ou l'autre.

Puis Daniel a rencontré un homme qui avait vingt ans de plus que lui, un certain Yves. Il est parti vivre chez lui, dans un quartier de Toronto appelé Cabbagetown. Astrid ne l'a pas très bien pris. Elle faisait beaucoup de blagues sur l'âge du type, et sur sa cave à vins, qui valait plus qu'une année de leur loyer.

Elle était folle de jalousie. Elle le dit elle-même.

Quelques mois plus tard, Daniel et Yves sont allés passer deux semaines à Paris. Daniel a persuadé Yves de laisser Astrid garder la maison. Il pensait lui rendre service en lui laissant une maison avec de l'eau chaude, un frigo bien rempli et une télé grand écran.

À leur retour, tout semblait en ordre. Mais pendant les jours qui ont suivi, ils se sont rendu compte que la coûteuse écharpe en cachemire d'Yves avait disparu. Ainsi qu'une très, très vieille bouteille de vin qui valait des milliers de dollars.

Ensuite, ils ont découvert la bouteille dans la poubelle à verre. Quand Daniel l'a questionnée, Astrid a avoué qu'elle était descendue un soir à la cave (alors qu'elle n'en avait pas le droit), qu'elle avait piqué la bouteille et qu'elle l'avait bue.

Daniel aurait probablement pu le lui pardonner. Après tout, elle ignorait la valeur de ce vin. Mais elle a aussi raconté qu'elle ne savait pas où était l'écharpe d'Yves. Du coup, le jour où il est passé au squat sans prévenir et où il l'a trouvée accrochée derrière la porte, il a vu rouge.

« Je ne sais pas pourquoi j'ai fait ça », me répète Astrid chaque fois qu'elle me raconte l'histoire, c'est-à-dire chaque fois que Daniel refait une courte apparition dans nos vies. « On est restés longtemps sans se parler. »

Une année a passé. Astrid partageait le squat avec une poignée d'autres, mais personne ne restait plus de deux ou trois mois. Daniel lui manquait.

« Je n'aurais jamais cru que je pourrais désirer un enfant. Mais à trente et un ans, mon horloge biologique s'est mise à faire tic-tac. Aucun des hommes que je connaissais ne pouvait faire un père, loin de là. »

Un jour, Mormor a appelé. Le père d'Astrid, Fredrik, était mort d'une crise cardiaque.

Même si leurs relations étaient compliquées, Astrid a su qu'elle ne pouvait pas laisser sa mère seule. Elle s'est débrouillée pour reprendre les cours à l'université Emily-Carr, à Vancouver. Il était temps de rentrer à la maison.

Et aussi de ravaler son orgueil et de faire un geste en direction de Daniel.

Ils se sont donné rendez-vous dans son bar préféré. Elle s'est excusée, sincèrement. Elle lui a dit pour son père. Ils ont passé cinq heures dans ce bar, à rattraper le temps perdu.

Elle a attendu leur troisième rendez-vous pour lui demander un don de sperme. « Je lui ai dit que je ne voyais pas où je trouverais meilleur matériau génétique pour cinquante pour cent de mon enfant. » Elle lui a aussi dit qu'il n'aurait pas à s'engager ; qu'elle comptait élever l'enfant seule, que c'était ce qu'elle voulait, et qu'elle ne réclamerait pas un centime. À l'époque, Daniel et Yves étaient séparés et Daniel travaillait comme assistant dans une galerie. Autant dire qu'il n'avait pas un sou.

J'ignore pourquoi il a dit oui. Tout ce que je sais, c'est qu'il l'a fait, car j'en suis la preuve vivante. Je ne sais pas précisément comment la chose s'est faite, et je ne veux pas le savoir. Je sais juste qu'ils ont signé des papiers officiels, et que quelques mois plus tard Astrid était enceinte de moi et vivait chez Mormor en Colombie-Britannique.

Daniel est venu à Vancouver peu après ma naissance en apportant un énorme panier-cadeau plein de layette. Il a dit à Astrid que je ressemblais à E.T. Depuis, je le vois une ou deux fois par an, quand il vient dans l'Ouest. Il est toujours dans l'art ; pour ce que j'en ai vu, il fait principalement des sculptures qui ressemblent à des Rubik's Cubes. Mais comme il n'en vend pas beaucoup, il est toujours assistant dans une galerie pour gagner sa croûte.

J'aime bien Daniel. J'aime savoir qu'il existe, même si, comme dit Astrid, « c'est un gamin de dix-neuf ans coincé dans un corps d'homme de quarante ans ». Parfois, quand elle est d'humeur vraiment méchante, elle l'appelle mon « Papa-Éprouvette ».

Je n'aime pas quand elle l'appelle comme ça. Moi, je l'appelle juste Daniel. C'est vrai, quoi, si je n'appelle pas ma mère « maman », il n'y pas de raison que je l'appelle, lui, « papa ».

Mais quand je suis monté dans le Combi et qu'Astrid m'a passé le téléphone, j'ai dit : « Bonjour, papa. » Juste pour l'agacer, elle. Ça a marché : ses lèvres ont fait un petit nœud.

« Félix, mon grand ! Je viens d'atterrir à Vancouver. Désolé de prévenir à la dernière minute, je viens passer un entretien d'embauche. Mais Astrid me dit que tu pars avec ta cla…

— Pas du tout. Je suis là.

— Super ! On peut bruncher ensemble dimanche ? »

J'adore le brunch. C'est la meilleure invention du monde. Un petit déj et un déjeuner combinés… que demander de mieux ?

« Absolument.

— J'ai invité ta mère, mais elle dit qu'elle n'est pas libre. »

J'ai regardé Astrid droit dans les yeux pour répondre. « En effet. Elle ne pourra pas venir. Ce sera juste nous deux.

— Et vous vivez toujours près de Burnaby ? Je n'ai pas de voiture, malheureusement.

— Pas grave. Choisis un restau, et on se retrouve là-bas.

— Je loge dans les quartiers Est. Tu veux qu'on aille au Elbow Room ?

— D'ac.

— Onze heures ?

— Impec.

— Ça marche. À dimanche, alors. J'ai hâte de te voir.

— Moi aussi. »

Astrid me regardait quand j'ai raccroché. Elle avait le front tout plissé d'inquiétude. J'ai simplement soutenu son regard, sans ciller, jusqu'à ce qu'elle détourne la tête.

Ce soir-là, nous sommes allés au lit en écoutant la pluie tomber à seaux. « Félix, m'a dit Astrid dans le noir. Je sais que tu m'en veux. Et c'est normal. Mais je t'en supplie, ne lui dis rien. Je vais nous sortir de là, c'est promis. »

Je n'ai pas répondu.

« Si tu lui dis, ça risque de déclencher une réaction en chaîne que nous ne pourrons jamais arrêter. »

J'ai regardé mon haleine flotter dans l'air. Mon nez, la seule partie de moi qui dépassait du sac de couchage, était glacé. J'avais enveloppé la cage d'Horatio dans une serviette avant la tombée de la nuit, en espérant que ça lui tiendrait chaud.

« Tu serais peut-être séparé de moi, a-t-elle continué.

— C'est peut-être ce que je veux, être séparé de toi. »

Nous n'avons plus parlé après cela. C'était cruel de ma part. Mais je n'ai pas retiré ce que j'avais dit. Même quand j'ai entendu qu'elle pleurait tout bas, la tête enfoncée dans son oreiller pour que je ne l'entende pas. Sauf que, comme j'étais à moins d'un mètre d'elle, il y avait peu de chances que ça marche.

Le café Elbow Room est une véritable institution de Vancouver. Les petits déjeuners y sont fantastiques, et les serveurs sarcastiques, voire malpolis, mais rigolos. Si vous ne terminez pas votre assiette, ils vous obligent à faire un don à une association d'aide aux malades du sida. Leur devise : « Si vous n'êtes pas content, c'est le même prix. »

Je savais, sans l'ombre d'un doute, que l'association ne recevrait pas un centime de moi, car j'avais un appétit d'ogre. Et en plus, j'étais fauché. Mais ça n'avait pas d'importance, car c'était toujours Daniel qui payait.

« On sera deux », ai-je dit au serveur en entrant. Il était grand et mince, avec les cheveux coiffés en pointes. Il a attrapé deux cartes et m'a entraîné vers une table dans le fond.

« Café ?

— Thé, s'il vous plaît. Avec beaucoup de lait. »

Je me suis installé à table. J'avais décidé la veille au soir que, même si cela revenait à trahir Astrid, j'allais dire la vérité à Daniel. Dans le bus, j'avais calculé grosso modo combien il nous fallait pour payer le dépôt de garantie sur un petit appartement, plus deux mois de loyer, histoire de tenir le temps qu'Astrid retrouve du travail.

J'allais demander à Daniel un prêt de cinq mille dollars. J'avais l'estomac noué rien qu'à y penser. Le serveur a flanqué une théière devant moi quelques minutes plus tard. J'ai rempli ma tasse à moitié, puis ajouté plein de lait pour les calories, et quatre sachets de sucre. Bientôt, il a été 11 heures, puis 11 heures passées. À 11 h 15, Daniel n'était toujours pas là. J'ai pris mon téléphone pour voir s'il y avait un SMS de lui. La batterie était morte. Je n'avais pas pensé à prendre mon chargeur.

« Ho, le gosse, tu vas commander, oui ou non ? » m'a demandé le serveur. Son badge rouge indiquait qu'il s'appelait « QUENTIN ».

« J'attends mon père. Il est en retard.

— Eh bien, il a cinq minutes pour arriver. Après ça, je donne la table à quelqu'un d'autre. Faut que je gagne ma croûte, moi. »

J'ai eu une bouffée de panique. Tout ce que j'avais sur moi, c'était ma carte de bus. Je me suis demandé si on me ferait faire la vaisselle pour payer mon thé, comme dans les films. À 11 h 20, toujours pas de Daniel. Quentin a jeté l'addition du thé sur la table.

« Allez, du balai. Va régler à la caisse. »

J'ai honte de ce qui s'est passé ensuite. Les larmes me sont montées aux yeux. Elles devaient attendre tout près, car elles sont apparues sur-le-champ et sont tombées l'une après l'autre sur la table, plic, ploc. La morgue de Quentin s'est aussitôt envolée. Il s'est assis en face de moi.

« Hey. Qu'est-ce qui t'arrive ?

— Je n'ai pas d'argent. C'était mon père qui devait payer. On avait rendez-vous à 11 heures. » Mon ventre a gargouillé bruyamment.

Quentin s'est levé. « Je suis sûr qu'il ne va pas tarder. Reste aussi longtemps que tu voudras. Je t'apporte le Bûcheron, d'accord ?

— Mais je n'ai pas…

— Pas de discussion », m'a-t-il coupé avec sévérité.

Sa gentillesse m'a donné encore plus envie de pleurer.

J'étais en train d'engloutir ma quatrième tranche de bacon quand Daniel a fait irruption dans le restaurant, en apportant avec lui une bouffée d'air froid et humide. Il était 11 h 40. Il a secoué la pluie de ses cheveux, qui sont bouclés comme les miens, mais noirs et coupés bien plus court.

« Félix, désolé d'être en retard », m'a-t-il lancé en s'approchant de la table. Je me suis levé et il m'a serré dans ses bras. Il portait un jean noir et une veste en cuir noir. J'ai senti ses muscles ; il va beaucoup à la salle de sport et, comme Astrid, il est beau. « J'ai essayé de te prévenir par texto que je serais en retard.

— Je n'ai plus de batterie. »

Il s'est assis face à moi. « J'ai passé une nuit de folie. Franchement, je commence à être trop vieux pour sortir en boîte jusqu'à 4 heures du mat.

— Ah. »

Il a retiré sa veste. « Mais assez parlé de moi. Comment vas-tu ?

— Ça va.

— Raconte-moi tout. C'est comment, au collège ?

— C'est bien. Je suis dans une classe en français cette année.

— *Mais c'est fantastique ! On va pouvoir parler français ensemble !* Je parlais français et créole avec mes parents, tu sais.

— Je sais. »

C'était une des principales raisons pour lesquelles j'avais voulu m'inscrire à ce programme en immersion. Le père de Daniel était haïtien, et sa mère parisienne d'origine. Le français faisait partie de mes origines, et les parents de Daniel, au moins sur le papier, étaient mes grands-parents. Je croyais comprendre qu'il ne les voyait pas beaucoup, et personne n'avait jamais évoqué la possibilité que je puisse faire leur connaissance un jour. Je n'étais même pas sûr qu'ils soient au courant de mon existence. Mais si jamais je les rencontrais un jour, je me disais que parler français pourrait être idéal pour briser la glace.

« Quoi d'autre ? »

Je vis dans un Combi Volkswagen. Nous sommes officiellement passés sous le seuil de pauvreté. Astrid est déprimée en permanence.

« J'ai passé une audition pour *Qui, Que, Quoi, Quand ?* Ils font une édition junior.

— C'est génial ! Comment ça s'est passé ?

— Je crois que je me suis bien débrouillé. Mais je n'ai pas de nouvelles, alors je ne sais pas.

— Je parie que tu ne vas pas tarder à en recevoir. J'aimerais pouvoir dire que tu tiens de moi pour l'intelligence, mais non, ça, c'est entièrement ta mère. » Il a ouvert la carte. « Et les amours ? Tu as une copine ? Ou un copain ? »

Tout comme ma mère, Daniel n'a pas d'idées préconçues. « Non. Enfin, il y a une fille qui me plaît un peu. Winnie. »

Il a relevé les yeux de la carte et souri. « Winnie. Elle est canon ?

— Elle est jolie. Mais très autoritaire. Et très péremptoire.

— Ha ! On dirait ta mère ! »

Beurk. « Je n'avais jamais pensé à ça. »

Il a refermé la carte et m'a observé avec attention. « À propos. Comment va Astrid ? »

J'ai choisi mes mots avec soin. « Pas au mieux de sa forme.

— Hmm. Je m'en doutais un peu. Qu'est-ce qu'elle a ? »

J'ai posé mon couteau et ma fourchette, et j'ai inspiré à fond.

« Tiens donc, le père indigne a daigné apparaître ! » Quentin était à côté de la table, les poings sur les hanches, en train de regarder mon père avec réprobation. « Votre fils était sur le point de faire la plonge, vous savez. »

Daniel l'a gratifié d'un sourire ravageur. « Honte sur moi. Pourriez-vous m'apporter un café et l'omelette Hilary Swank, avec des fruits à la place des frites, s'il vous plaît ?

— Pas de changement de garniture. Mais quelque chose me dit qu'elles vont trouver preneur, vos frites. » Quentin m'a fait un clin d'œil et a repris la carte de papa. Je n'ai pas pu m'empêcher de remarquer que celui-ci le suivait des yeux pendant qu'il s'éloignait.

J'ai attendu qu'il se retourne vers moi. « Elle est en plein Marasme, ai-je dit.

— Désolé pour toi, Félix. Il y a une raison particulière ?

— Eh bien, elle est encore au chômage.

— Ah là là, m'en parle pas ! Je sais ce que c'est. »

Mes boyaux se sont dégonflés d'un coup. « Tu ne travailles pas en ce moment ?

— Ça dépend de ce qu'on appelle travailler. Si tu veux dire “créer dans mon atelier dix heures par jour”, alors oui, je travaille. Si tu me parles de boulot qui rapporte des sous, non. Mais que veux-tu ! L'espoir fait vivre… Je continue de croire que je ne tarderai pas à avoir une expo à moi tout seul.

— Je croyais que tu avais un boulot qui te plaisait.

— Eh non. La galerie a mis la clé sous la porte il y a un an. » Il a vu ma tête. « Oh, Félix, ne t'inquiète pas pour moi. »

Je ne m'inquiète pas pour toi ! C'est pour moi que je m'inquiète ! ai-je crié, mais seulement à l'intérieur.

« J'arrive à peine à joindre les deux bouts. Je fais des petits boulots de serveur, je peins des décors de théâtre. Je garde le chien d'un couple d'amis. Ce n'est pas si mal, comme vie. En fait, je suis venu ici pour un entretien d'embauche dans une autre galerie… alors, on ne sait jamais. Si je suis pris, et que le salaire est correct, peut-être qu'on pourra se voir régulièrement.

— Ce serait chouette », ai-je dit. Et j'étais sincère. Mais mon projet de lui demander cinq mille dollars venait de s'envoler en fumée.

Quentin a apporté à mon père son omelette avec les frites sur une assiette à part, qu'il a posée devant moi. Après quoi Daniel et lui ont bavardé pendant un petit moment. Mon POPO me soufflait que j'étais en train d'assister à un flirt prometteur.

Quand le serveur s'est éloigné, Daniel s'est penché par-dessus la table et a posé sa main sur la mienne. « Mon entretien est cet après-midi, et je reprends l'avion ce soir. Mais je peux changer mon billet pour demain si tu veux. Ça me laisserait le temps de passer chez vous parler avec ta mère. »

J'ai secoué négativement la tête. À quoi bon, s'il ne pouvait pas nous aider. « Non, ça va. Ça va aller. »

Daniel a bu un peu de café. « Astrid est forte. Elle retombera sur ses pieds. Comme toujours. » Il a consulté son téléphone. « Désolé, vraiment, Félix, il faut que je file.

— Pas de problème.

— Je regrette qu'on ne se voie pas plus souvent.

— Oui, moi aussi. » Une fois dehors, il a sorti son portefeuille. « Je sais que ce n'est pas grand-chose, mais j'y tiens. » Il m'a tendu deux billets de cinquante dollars. « On garde ça entre nous, d'accord ? Tu sais comme Astrid se hérisse dès que je me mêle de vos affaires. »

J'ai acquiescé. Je l'ai remercié. Nous nous sommes embrassés, et il est parti.

La porte du restau s'est rouverte. Quentin est sorti. « Ah, je suis content de te rattraper. Un crétin vient de renvoyer un sandwich impeccable juste parce qu'il trouvait le pain "trop grillé". Je ne lui ai pas envoyé dire ce que je pensais ! » Il m'a tendu un sac en papier. « Ce serait dommage de gaspiller. J'espérais que tu pourrais m'aider sur ce coup-là. »

J'ai pris le sac. « Bien sûr. Merci. » Nous avons tous les deux tourné les yeux vers le bout de la rue, où la silhouette de mon père rapetissait au loin. Et j'ai de nouveau eu envie de pleurer, parce qu'une vérité assez énorme et bouleversante était en train de me frapper pour la première fois : Astrid et Daniel étaient des gens formidables… mais pas des parents formidables.

Je suis rentré à pied. C'était long, mais j'avais besoin de m'éclaircir les idées. Je sentais les deux billets de cinquante dans ma poche. Ce n'étaient pas cent malheureux dollars qui allaient changer quoi que ce soit à notre situation. J'ai donc pris une décision. J'ai traversé le pont de Burrard et marché jusqu'à la 4e Avenue Ouest. Là, je me suis arrêté chez le chocolatier Purdys, où j'ai acheté un petit paquet de caramels au sel de l'Himalaya, les préférés d'Astrid.

Lorsque je suis arrivé au Combi, qui était garé dans une rue proche de Carnarvon Park, elle était assise derrière le volant, toujours en pyjama, en train de lire *Middlemarch*. Elle était pâle, les traits tirés.

« Alors ? Comment ça s'est passé ? »

J'ai haussé les épaules. « Bien. » Je sentais son anxiété ; elle emplissait le Combi. « Je ne lui ai rien dit. »

Ses traits se sont détendus. Je lui ai tendu le sandwich, qu'elle a tenu à partager avec moi. Il était délicieux. Ensuite, je lui ai dit qu'il fallait qu'on aille au gymnase prendre une douche.

« Pourquoi ?

— C'est une surprise. »

Comme Astrid adore les surprises – du moins, les bonnes –, elle m'a suivi. Une fois douchés, nous nous sommes rendus au *Chien et Loup*, un pub situé sur l'avenue Broadway, à la hauteur d'Alma Street. J'ai commandé une saucisse-purée, et Astrid un curry. Elle a pris une pinte de bière, et moi un Coca. La serveuse m'a laissé brancher mon téléphone derrière le bar pour le recharger.

J'ai offert les caramels à Astrid à la fin de notre repas, et nous les avons mangés en douce tout en buvant un thé. Après l'addition, il nous restait un peu d'argent.

J'ai repris mon téléphone chargé en sortant. J'avais plein de SMS de Daniel, plus trois appels manqués et un message vocal, qui venaient tous d'un numéro avec le même indicatif : 416.

Le 416, c'était Toronto, je le savais. Mais ce n'était pas le numéro de Daniel.

J'ai écouté le message pendant qu'Astrid conduisait en direction de Carnarvon Park. « Bonjour, Félix, ici Nazneen Iravani de *Qui, Que, Quoi, Quand ?* J'ai du mal à te joindre. Merci de me rappeler demain, le plus tôt possible. J'ai une bonne nouvelle à t'annoncer. »

Cette nuit-là, j'ai à peine fermé l'œil. Je me suis récité des listes de capitales d'États et de provinces, d'empereurs romains, de sites classés à l'Unesco… sans résultat. À 6 heures du matin, j'ai renoncé. J'ai sorti Horatio de sa cage pour lui faire un câlin. Puis je me suis mis à péter, sans pouvoir m'arrêter ; mes boyaux n'étaient pas habitués à la riche nourriture que j'avais consommée la veille.

À 6 h 15 j'ai entendu ma mère remuer en bas. « Bon sang, Félix, ça sent le cadavre en putréfaction, là-dedans !

— Pardon. »

Elle a entrouvert la fenêtre. « Tu es réveillé tôt, dis donc.

— Je n'arrivais pas à dormir.

— Quelle heure est-il ?

— Six heures et quart.

— Tu peux sans doute l'appeler. Il est neuf heures et quart à Toronto. »

Dehors, il faisait encore nuit noire. Nous avons mis nos lampes frontales, rangé mon lit et replié celui d'Astrid.

« J'aimerais être tranquille, ai-je dit.

— Je vais faire mes ablutions. »

Elle a pris sa trousse de toilette et m'a pressé la main avant de partir vers les sanitaires du parc. « Bonne chance ! »

J'ai composé le numéro. Quelqu'un a décroché à la troisième sonnerie. « Nazneen Iravani. » Une voix très professionnelle.

« Bonjour, Nazneen. C'est Félix Knutsson qui vous rappelle.

— Félix, contente de t'entendre. J'ai le plaisir de t'informer que tu es sélectionné pour concourir dans notre édition junior. »

J'ai ouvert la bouche. Aucun son n'en est sorti.

« Félix ? Tu es là ?

— Je suis là.

— Tu es content ?

— Très.

— Tant mieux. L'étendue de ton savoir nous a beaucoup impressionnés. Bien, je vais t'envoyer par mail beaucoup de formulaires à remplir, et un contrat ; il devra être signé par toi et par un de tes parents ou ton tuteur légal, et tu nous le renverras dès que possible, d'accord ?

— D'accord.

— L'édition junior inaugurale sera enregistrée à Vancouver. Si le succès est au rendez-vous, cela deviendra un événement annuel, qui tournera dans tout le Canada.

— D'accord.

— On commence dans deux semaines. Ce sera en direct, et diffusé dans tout le pays.

— D'accord.

— Un chauffeur viendra vous chercher, toi et tes parents ou ton tuteur légal, le dimanche 27 novembre à midi. Confirme-moi ton adresse. » Elle m'a lu celle que j'avais inscrite sur le formulaire en ligne, la même que celle de mon inscription au collège.

« C'est bien ça », ai-je dit. Astrid et moi pouvions attendre le chauffeur devant le cabinet d'avocats de M. Poplowski, dans deux dimanches.

« Il y aura quatre concurrents pour chaque jour de la semaine. L'ordre de passage a été tiré au sort. Tu passes le lundi. Les gagnants du lundi, du mardi, du mercredi et du jeudi s'affronteront le vendredi pour la finale. Alors au boulot, tu peux commencer à réviser ! » Nazneen m'a débité toutes ces informations comme une mitraillette – il était clair qu'elle les récitait à tous les concurrents un par un. « Vous serez logés, toi et ton accompagnant, au Holiday Inn de Vancouver Centre pendant la durée du tournage. Et puisque tu habites Vancouver, dis bien à tes amis et à ta famille de venir nombreux pour assister au tournage dans le public. On veut que ce soit bourré à craquer, qu'il y ait un max d'énergie. »

Ma cervelle bloquait sur certains mots. *Chauffeur. Holiday Inn.* Mais ils ont rapidement été remplacés par ceux qu'elle a prononcés avant de raccrocher : « Félicitations, Félix. Si ça se trouve, tu repartiras plus riche de vingt-cinq mille dollars. »

Astrid était en train de se laver sous les bras, en soutien-gorge devant le lavabo des toilettes des femmes, quand j'ai ouvert la porte en grand. « Je suis pris ! Je vais être un des concurrents ! » Ma joie est retombée d'un cran quand j'ai vu à quel point elle avait maigri. À force de la voir sous des couches de pulls, je n'avais pas remarqué tout le poids qu'elle avait perdu.

Un immense sourire a éclos sur ses lèvres. Elle m'a attrapé pour me serrer contre elle. « Félix ! C'est fantastique, félicitations !

— Aaah ! Ma tête touche ton soutif ! »

Elle m'a lâché et a enfilé son chemisier. C'était un des vêtements qu'elle portait quand elle cherchait un emploi, ce qui m'a donné de l'espoir.

« Je suis très fière de toi, a-t-elle ajouté.

— Le premier prix est de vingt-cinq mille dollars ! Si je gagnais, on pourrait trouver un logement. On pourrait même investir une partie de l'argent. Tu aurais du temps pour te remettre sur pieds, et il nous resterait un petit coussin de sécurité. »

Son sourire s'est envolé.

« Et même si je ne suis pas le grand gagnant, je reçois mille dollars rien que pour participer. Si je suis finaliste, il y a deux mille cinq cents de plus. Ça fait trois mille cinq cents dollars ! Assez pour un dépôt de garantie. Quoi qu'il arrive, on sera à l'abri. »

Elle m'a regardé dans la glace. « Félix. C'est ton argent. Quoi que tu gagnes, ce sera à toi.

— Non. À nous. » Elle a secoué la tête. « Maman, ai-je dit avant de me corriger. Astrid. Je veux un toit au-dessus de ma tête. Je veux une douche. Je veux des toilettes. Je ne veux pas avoir tout le temps froid aux oreilles. Je veux une chambre à moi. Je veux une porte qui ferme.

— Moi aussi, je désire tout ça pour toi. »

Cette fois, c'est moi qui l'ai serrée dans mes bras. « Tu as raison. C'est mon argent. Donc j'en fais ce que je veux.

— Bon, enfin espérons que ça ne sera plus d'actualité, de toute manière. Je repars à la pêche aux emplois aujourd'hui, alors dis-moi merde.

— Merde. »

Je suis allé au collège en gambadant. Oui, en gambadant, pour de vrai. J'avais préféré ne pas textoter la nouvelle à Dylan et à Winnie. Je voulais la leur annoncer en personne.

Je les ai aperçus devant le casier de Winnie, en train de discuter avec le plus grand sérieux. J'ai pressé le pas. « You hou ! »

Leur conversation s'est arrêtée net. On aurait dit deux ratons laveurs surpris à fouiller dans les poubelles. Mon POPO m'a soufflé que quelque chose clochait.

« Qu'est-ce qu'il y a ? »

Ils ont échangé un regard, mais n'ont rien répondu.

« Mais quoi ? »

Winnie a donné un coup de coude à Dylan, qui a pris la parole. « J'avais un tournoi de karaté ce week-end.

— Oui, je sais. Ça s'est bien passé ?

— C'était du côté de Main Street et de l'avenue King Edward. En retournant à l'arrêt de bus, je me suis dit “*Tiens, je vais passer chez Félix*”. »

Mon corps s'est aussitôt hérissé de chair de poule.

« J'ai fait le tour et j'ai frappé à la porte de l'appartement du bas, a continué Dylan. Tu sais. Celui où tu disais que tu habitais. »

Oh, non.

« Une dame m'a ouvert. Elle était furax. Elle m'a demandé ce que je fabriquais dans son jardin. » Il m'a regardé droit dans les yeux. « Je lui ai dit que je cherchais Félix Knutsson. »

J'ai détourné la tête.

« Elle s'est mise à me raconter qu'elle était super inquiète pour ta mère et toi, qu'Astrid ne répondait pas à ses SMS, qu'elle avait vos affaires dans son sous-sol depuis des semaines… et puis elle m'a parlé d'une histoire, comme quoi ta mère serait entrée chez eux par effraction ? »

Parfois, quand Horatio a peur, ou qu'il est menacé, il s'immobilise complètement. Comme s'il espérait ne pas être vu. J'ai pris conscience que je faisais la même chose.

« Elle était super inquiète, Félix. Elle a voulu savoir où vous habitiez, mais je lui ai dit que je n'en savais rien. Puis elle m'a demandé où j'allais en cours, et depuis combien de temps je te connaissais, et si tu avais l'air d'aller bien. Elle m'a dit… elle m'a dit qu'elle craignait pour ta sécurité. »

Ces derniers mots m'ont arraché à ma stupeur. « C'est n'importe quoi.

— Félix, a dit Winnie. Qu'est-ce qui se passe ? »

J'ai tâché de rassembler mes pensées. « Tu en as parlé à tes parents ? ai-je demandé à Dylan.

— Non. Je voulais t'en parler d'abord. »

Mes veines étaient gorgées d'adrénaline. Pas la bonne adrénaline qui donne de l'énergie, mais celle de la peur. Je me sentais comme un animal pris au piège. Fuir ou combattre ? J'ai choisi la fuite. Je me suis éloigné d'eux et du collège. Ils m'ont appelé, mais je ne me suis pas retourné.

Je me suis engouffré dans l'avenue Broadway. Je ne savais pas du tout ce que je faisais ni où j'allais. En m'approchant de l'épicerie, j'ai vu M. Ahmadi dehors, en train d'empiler des oranges en pyramide.

« Bonjour, monsieur Ahmadi. » Ma voix tremblait légèrement.

Il a baissé les yeux vers moi, avec son air sévère. « Félix, c'est bien ça ?

— Oui.

— Tu n'as pas école ?

— C'est la journée pédagogique.

— Ah oui. C'est bizarre qu'on ne voie pas plus de jeunes dans la rue, non ?

— Je me demandais si je pouvais vous aider. Pour me racheter de… vous savez quoi. Je ne vous prendrai rien, c'est promis. »

M. Ahmadi a regardé dans sa boutique. J'apercevais Mme Ahmadi en train de lire un magazine derrière le comptoir.

« D'accord. »

Il m'a laissé empiler les oranges pendant qu'il s'occupait des pommes à côté de moi. Ensuite, nous sommes passés aux oignons, puis aux ignames. À un moment, Mme Ahmadi est sortie. Elle m'a salué d'un coup de menton, puis a parlé tout bas à son mari avant de rentrer.

« Tu as mangé quelque chose ce matin ? m'a-t-il demandé.

— Oui », ai-je menti.

Il m'a tendu une banane. « Elle a pris un coup, je ne peux pas la vendre. Ça me rendrait service que tu la manges. Je déteste jeter des fruits parfaitement comestibles.

— Merci. »

Il a eu un haussement d'épaules. « La faim, je connais.

— Ah bon ? ai-je fait la bouche pleine.

— Ma femme et moi avons vécu deux ans dans un camp de réfugiés avant d'arriver au Canada.

— Ah. Ça doit être très dur. »

Mes remords en pensant à mon petit larcin – et à ceux, nombreux, d'Astrid – ont décuplé sur-le-champ.

« Tu veux me dire la vraie raison pour laquelle tu n'es pas à l'école aujourd'hui ? »

J'ai regardé mes pieds. « Vous avez des amis proches ? lui ai-je demandé.

— Ma femme. Et Oscar et Mohammed. On joue aux échecs deux fois par semaine.

— Et est-ce que vous leur cachez des choses ? »

Il a réfléchi un instant. « Ce serait facile de te répondre que non, mais ça ne serait pas entièrement la vérité. Il y a des choses que je ne partage pas avec mes partenaires d'échecs. Des souvenirs, que je préfère laisser derrière moi. Mais pour ma femme, je n'ai aucun secret. » Soudain, il a éclaté d'un gros rire. « Sauf quand je mange des donuts ! Elle pense qu'ils me font grossir. » Il s'est tapoté le ventre et a ri de plus belle. « C'est vrai, en plus ! »

Son rire était contagieux, et j'ai fini par pouffer.

« Je ne sais pas quel est ton secret, a repris M. Ahmadi. Mais je vois bien qu'il pèse sur toi. Y a-t-il quelqu'un avec qui tu aimerais le partager ? » J'ai fait oui de la tête. « Quelqu'un à qui tu peux te fier ? » Nouveau hochement de tête. Il a haussé ses sourcils broussailleux. « Alors qu'est-ce que tu attends ? »

Pendant que je réfléchissais à la question, sa femme l'a appelé. « Le déjeuner est prêt, a-t-il dit en retirant ses gants.

— Je vais vous laisser…

— Pas question. Tu manges avec nous. Mme Ahmadi serait très offensée si tu refusais. »

Nous sommes passés derrière le comptoir. Mme Ahmadi avait disposé des sandwichs et des boissons fraîches sur un plateau. « Mange, mange », m'a-t-elle dit. Son mari et elle étaient assis sur des tabourets, moi sur une caisse de bouteilles de lait. J'ai englouti trois sandwichs. Mme Ahmadi a remporté le plateau et est revenue un instant plus tard avec une théière et des petits gâteaux ronds et blancs, qui avaient une pistache enfoncée au centre.

« C'est appétissant !

— Fait maison, m'a dit Mme Ahmadi. Des *ma'amoul abiad*. Une recette syrienne.

— Sers-toi », a ajouté M. Ahmadi.

J'ai bu deux tasses de délicieux thé sucré et mangé quatre gâteaux. Ensuite, j'ai aidé M. Ahmadi à déballer des caisses de marchandise. Avant que je parte, Mme Ahmadi m'a donné un Tupperware rempli de pâtisseries et un gros sac de fruits. « Pour ton travail », m'a-t-elle dit.

Je suis parti avec les gâteaux et les fruits sous le bras, et une ferme résolution en tête. J'en avais assez de mentir à mes deux meilleurs amis. Il était temps d'essayer la vérité.

Le temps que je retourne au collège, il était près de 14 heures. Du coup, j'ai décidé de ne pas entrer. J'ai textoté à Astrid :

T où ?

Je cherche du boulot. Je rentre à 6 h.

Parfait.

J'ai attendu devant les portes du collège. Quand Dylan et Winnie sont sortis, Winnie m'a donné un grand coup dans le bras. « Mais t'étais où ? On s'est inquiétés pour toi.

— Vous devez rentrer tout de suite ? ai-je demandé. Non ? Tant mieux. Alors venez avec moi. »

Nous sommes partis vers Carnarvon Park. Il pleuvait, mais pas trop fort. « Tu vas nous dire ce qui se passe, à la fin ? s'est impatienté Dylan.

— C'est plus simple que je vous montre. »

Comme ils étaient étonnamment silencieux, j'ai tenté de combler le silence. « Au fait ! Je suis pris pour *Qui, Que, Quoi, Quand ?* !

— Félix, mais c'est génial !

— Oui, c'est super », a renchéri Winnie. Mais j'ai bien vu qu'elle avait la tête ailleurs.

Nous avons mis environ dix minutes à arriver au parc. « Avant que je vous montre ce que je vais vous montrer, je dois bien préciser que c'est strictement temporaire. Surtout maintenant que je vais participer à l'émission. » J'ai pointé le doigt devant moi. « C'est là que j'habite.

— La maison en face ? a demandé Winnie.

— Non. Là. »

Ils sont restés cois pendant un petit moment. C'est Dylan qui a compris en premier. « Dans le camping-car ? »

J'ai acquiescé. « C'est un Westfalia.

— Waouh. Et, euh… Pourquoi ?

— Ma mère n’a pas beaucoup de chance avec le travail, ces derniers temps.

— Ah.

— Ça fait combien de temps ? a voulu savoir Winnie.

— Depuis le mois d’août.

— Quatre mois. Ça ne m’a pas l’air si temporaire. »

Mes dents se sont serrées. « Si, ça l’est. Parce que quoi qu’il arrive je vais gagner assez pour qu’on prenne un appartement. Je reçois au moins mille dollars, rien que pour ma participation au jeu.

— Mille dollars, ce n’est rien à Vancouver, a insisté Winnie. Quant à gagner… Ne le prends pas mal, mais ce n’est pas fait, loin de là. »

J’avais envie de lui tirer son béret sur les yeux.

« On peut voir à l’intérieur ? a demandé Dylan.

— Bien sûr. »

J’ai déverrouillé la portière et je l’ai fait coulisser. Winnie s’est bouché le nez. Il y avait un moment que nous n’avions pas lavé nos draps ni nos sacs de couchage, et en plus j’avais pété plus que de coutume ce matin-là. « C’est juste parce qu’il a été fermé toute la journée », ai-je dit.

Dylan n’a pas eu l’air de remarquer l’odeur. Nous avons grimpé à l’intérieur. Tout d’abord, je les ai présentés à Horatio Blass et je les ai laissés le tenir à tour de rôle. Puis je leur ai fait la démonstration de tous les gadgets du Westfalia. J’ai rehaussé le toit pour leur montrer où je dormais.

« Trop cool ! » s'est exclamé Dylan. Puis il a regardé vers le tableau de bord. « Dingue ! Mel ! Je me souviens trop bien de ton tim-tom !

— Mon *tomte.* »

Je leur ai distribué des barres de céréales et j'ai installé la table. J'ai retourné les sièges avant afin que nous puissions nous asseoir tous les trois. « Vous voyez ? Ce n'est pas si mal. »

Winnie s'est raclé la gorge. « Si ce n'est pas si mal, pourquoi est-ce que tu nous as menti ?

— Ma mère pensait que c'était mieux comme ça.

— Pourquoi ?

— Si ça se sait, elle a peur que la def s'en mêle et que je sois placé en famille d'accueil.

— Aïe, a fait Dylan.

— Comment ça se fait que ta mère ne travaille pas ?

— Elle a eu beaucoup de petits boulots, ai-je répondu à Winnie avec une nouvelle pointe d'irritation. Mais ça ne se passe pas toujours bien.

— Pourquoi ?

— Parce que ses patrons sont des connards. Et parce que… » Je me suis interrompu. *Parce qu'elle jetait des verres à la tête des clients. Parce qu'elle avait une grande g…* « Tu es de la police, ou quoi ?

— J'essaie de comprendre, c'est tout.

— Je ne suis pas un sujet d'interview pour ton prochain article de fond, Winnie. Tout le monde n'a pas ta chance. On ne peut pas tous avoir deux parents qui gagnent bien leur vie.

— Et ton père ? m'a demandé Dylan.

— Tu as un père ? s'est étonnée Winnie.

— Évidemment que j'ai un père.

— Il est où ?

— À Toronto.

— Il sait que tu vis dans un camping-car ?

— Non.

— Il devrait. S'il savait…

— Écoute, Winnie, je vais bien, OK ? » Je commençais à regretter de leur avoir dit la vérité.

Winnie a plissé le front. « Félix, non, tu ne vas pas bien. Il y a des jours où tu t'endors en cours. Il y a des jours où tu n'as rien pour le déjeuner et où tu crèves de faim.

— Des jours où tu ne sens pas la rose », a ajouté Dylan.

Venant de quelqu'un qui se fichait de l'hygiène comme de sa première chaussette sale, ça faisait mal. Mais avant que j'aie pu répondre, la portière a coulissé.

« Bonjour, tout le monde ! » a lancé ma mère. Elle souriait largement. Trop largement. Je me suis demandé depuis combien de temps elle nous écoutait. « Dylan, ça fait plaisir de te voir. Oh là là, comme tu as grandi !

— Bonjour, madame Knutsson. Ça fait longtemps.

— Je t'en prie, appelle-moi Astrid. Et toi… tu dois être Winnie.

— Enchantée, Maman de Félix.

— Je vois qu'il vous a fait visiter notre logis temporaire. Dès que les cafards seront éradiqués, nous pourrons retrouver notre appartement. En attendant, on s'amuse bien, pas vrai, Félix ? »

Le silence s'est prolongé longtemps. « Hum. Astrid. Ils savent. Dylan est passé chez Soleil ce week-end. »

Un éclair de colère – ou peut-être de peur – est passé dans les yeux d'Astrid. « Pardon, mais comment connais-tu Soleil ? » a-t-elle demandé à Dylan.

Il m'a lancé un regard. « Euh, je ne la connaissais pas. Je ne…

— C'est une longue histoire », l'ai-je coupé en suppliant ma mère des yeux. *Je t'en prie, n'aggrave pas les choses devant mes amis.* « Je t'expliquerai plus tard. »

La tension s'est abattue sur nous comme une lourde couverture. Winnie s'est éclairci la gorge. « C'est un plaisir de faire votre connaissance, madame Knutsson…

— Mademoiselle.

— Il est l'heure qu'on s'en aille. Hein, Dylan ? »

Il a ressorti Horatio de sa poche et me l'a tendu. « Affirmatif. »

Ils sont descendus du Combi. Astrid se tenait à côté de la portière, avec une grimace qui était censée être un sourire mais qui semblait sortie d'un film d'horreur. Winnie a posé la main sur mon bras. « À demain. On en reparlera. » Cela sonnait comme une menace. C'en était probablement une.

J'ai tout raconté à Astrid en marchant dans le parc. Plus je lui en disais, plus vite elle marchait, au point que vers la fin j'ai eu un peu de mal à la suivre.

« Et Dylan, qu'est-ce qu'il a dit à Soleil ?

— Pas grand-chose. Il lui a juste demandé si j'étais là. Soleil a compris toute seule. »

Astrid a pressé les mains contre son front. « *Fanken !* » a-t-elle crié. Un chien a tourné la tête vers nous, bien que son juron ait été en suédois.

« Et qu'est-ce qu'elle a dit ? »

J'ai hésité. « Je n'en sais rien.

— Félix. N'essaie même pas. Tu as déjà prouvé que tu mentais très mal.

— Peut-être que je ne *veux* pas être bon menteur, Astrid ! Peut-être qu'en fait, je trouve qu'il n'y a pas de quoi se vanter ! »

Il commençait à pleuvoir pour de bon. Astrid avait toujours son manteau ; moi, j'étais dans mon très vieux tee-shirt « I ❤ gerbils ».

« Écoute… répète-moi juste ce qu'a dit Soleil.

— Elle a dit qu'elle cherchait à te joindre. Qu'elle était persuadée que tu étais entrée chez elle. Elle a dit… » Je me suis interrompu.

« Elle a dit ?…

— Qu'elle se faisait du souci pour moi. »

Astrid a passé la main dans ses cheveux. « De mieux en mieux. Non mais franchement ! Elle qui a pris une nounou à plein temps pour élever ses gosses, elle doute de *mes* capacités de mère ? »

Le vent avait fraîchi, aussi. Mon tee-shirt et mon jean étaient trempés. J'ai serré les bras autour de mes flancs en grelottant. « Maman. Je me gèle. »

Elle m'a regardé comme si elle me voyait vraiment pour la première fois. Ses traits se sont décomposés. « Oh, Félix, tu es trempé. » Elle a retiré son manteau et l'a posé sur mes épaules. « Allez, on rentre à la maison.

— À la maison. Elle est bien bonne. »

Elle n'a pas relevé et nous sommes repartis au pas de course vers le Combi.

Astrid a eu beau faire, je n'arrivais pas à me réchauffer. Elle m'a fait déshabiller et entrer dans un sac de couchage, puis elle a posé son propre duvet sur le mien.

Elle a réchauffé des boîtes de soupe poulet-vermicelles pour le dîner. J'en avais ras le bol de la soupe. Ras le bol des boîtes. Mais j'ai mangé ce que je pouvais, sans sortir de mon sac de couchage.

En faisant la vaisselle, Astrid m'a demandé : « Dylan a dit à Soleil dans quel collège il est ?

— Je crois, oui.

— Donc elle sait où tu vas en cours.

— Oui.

— Je n'ai pas confiance en elle, Félix. Elle risque d'essayer de nous pourrir la vie.

— Nous la pourrir *encore plus*, tu veux dire ? » C'était plus fort que moi.

Soit Astrid n'a pas entendu ma pique, soit elle a fait semblant. Elle a rangé les assiettes dans le petit placard. « Je crois qu'il vaudrait mieux que tu changes de collège.

— Non.

— Ça ne va pas être évident, mais je peux te faire transférer ailleurs. On devrait peut-être songer à une autre ville. Peut-être quelque part sur l'île de Vancouver…

— Non. Pas question, absolument pas. »

Elle a soupiré. « Ce n'est pas toi qui décides, Félix. C'est encore moi le parent, à ce que je sache. »

J'ai soufflé par le nez. « On ne dirait pas. »

Elle n'a pas répondu.

« Je suis *heureux*, Astrid. Pas heureux de ça… (j'ai embrassé le Combi du geste), mais de mon collège, du français, de mes amis. Tu ne peux pas me l'enlever.

— J'essaie juste de nous protéger.

— Ah oui ? On dirait surtout que tu essaies de te protéger, *toi*. Je ne suis pas sûr que tu penses beaucoup à moi. »

Visiblement, ça l'a piquée au vif. « Ce n'est pas vrai. Je ne pense qu'à toi.

— Alors je t'en supplie, écoute-moi. Je ne vais pas bouger d'ici. Si tu essaies de m'y forcer, je fuguerai. Je le dirai à mes amis. À mon prof.

— Et tu seras placé dans une famille d'accueil…

— Mais au moins, j'aurais des toilettes, bon Dieu ! »

Elle est restée muette un instant. Puis les grandes eaux se sont déclenchées. Elle pleurait comme une fontaine. Je suis resté là où j'étais. Aucune envie de la serrer dans mes bras. Aucune envie de la toucher.

« Pardon, Félix. J'ai essayé de toutes mes forces. J'espère que tu vois bien que rien de tout ça n'est ma faute. »

J'ai réfléchi à cette phrase. Puis j'ai dit ce que je pensais. « Enfin… peut-être pas *rien*, quand même. »

Ça l'a fait pleurer encore plus fort, mais je n'ai rien retiré.

Le lendemain, je me suis réveillé en toussant. « Tu ne devrais peut-être pas aller en classe », m'a dit Astrid en me tendant une tasse de thé au citron chaud avec du miel. Je voyais bien qu'elle culpabilisait, et ça m'allait parfaitement.

« Pour faire quoi ? Rester toute la journée dans un Combi glacial ? T'as raison, ça va me faire un bien fou. »

Elle a soupiré. « Étant moi-même la reine du sarcasme, je suppose que je ne dois pas m'étonner de voir que tu es devenu si doué. » Elle a farfouillé dans un placard et en a sorti une boîte qui contenait six muffins de supermarché. Elle m'en a tendu deux.

« Tu les as payés, au moins ?

— Bien sûr.

— Tu peux comprendre que j'aie des doutes.

— Félix. Ça suffit. »

Quand je suis arrivé au collège, Winnie et Dylan m'attendaient déjà devant mon casier. J'ai inspiré à fond et je me suis approché d'eux comme si de rien n'était.

« Salut.

— Salut, m'a dit Dylan.

— Vous pouvez vous pousser, que je puisse ouvrir mon casier ? »

Ils se sont poussés. Sans dire un mot.

« Je sais, je sais. Vous êtes éblouis que votre ami soit sélectionné pour participer à *Qui, Que, Quoi, Quand ?* D'un seul coup, je suis une célébrité et ma simple présence vous coupe le sifflet. »

Dylan a ri, un tout petit peu. « Je suis trop content pour toi, c'est vrai.

— C'est une excellente nouvelle, a reconnu Winnie. Mais...

— *Mais* vous tenez aussi à me dire que vous ferez tout votre possible pour m'aider à préparer l'émission, qui aura lieu dans deux petites semaines.

— Absolument, a dit Dylan. J'ai annoncé la nouvelle à Alberta et à Henry hier soir, et ils sont à fond pour t'aider. »

J'ai ressenti un pincement dans la région du duodénum. « Tu ne leur as pas parlé de... l'autre truc, hein ?

— Bien sûr que non.

— Mais, à propos de l'autre truc... » a commencé Winnie.

J'ai claqué la porte de mon casier. « On va être en retard. »

Winnie a fait la moue. « Félix, arrête de tergiverser. "Tergiverser" signifie…

— Noyer le poisson, rester évasif. Je sais ce que ça veut dire. Ça pourrait être une question dans l'émission…

— Félix ! » Sa voix est montée d'une octave. « Tu es SDF ! »

J'ai lancé des regards autour de moi, terrifié que quelqu'un ait pu l'entendre. « Je ne suis pas SDF.

— Tu vis dans un camping-car. Un camping-car qui pue et qui fuit.

— Une seule fuite, et toute petite.

— Tu ne peux pas continuer comme ça.

— Et, je te l'ai déjà dit, on ne va *pas* continuer comme ça…

— Qu'est-ce que tu en sais ? Qu'est-ce qu'elle fait, ta mère, pour arranger les choses ?

— Elle cherche du boulot.

— Mais tu l'as dit toi-même, elle est incapable de garder un emploi. Est-ce qu'elle a demandé des aides ? Un logement social, un revenu de solidarité, quelque chose ?

— Non, car comme je me tue à te le répéter, c'est temporaire. Et puis, elle a sa fierté.

— Alors elle est fière que son fils vive dans un camping-car depuis près de quatre mois ? Fière d'être incapable de garder un boulot ? Fière que tu ne manges pas à ta faim ? »

Je tremblais de tous mes membres. J'étais fou de rage. J'ai cherché des yeux le soutien de Dylan ; jusque-là, il n'avait pas dit un mot.

Il a haussé les épaules. « Elle n'a pas tout à fait tort, amigo. Pas tort du tout, même.

— Dis donc ! Tes parents ne sont pas parfaits non plus ! ai-je répliqué.

— Loin de là, c'est vrai. Mon père dit des blagues vraiment nulles. Et ils cuisinent *tous les deux* comme des pieds…

— Et ta maison est une porcherie », ai-je ajouté. Cruellement. Délibérément. En me haïssant aussitôt.

« Wow, a murmuré Dylan.

— Et toi, ton père déteste ton pain, il fait juste semblant de l'aimer », ai-je lancé à Winnie, histoire de me haïr encore un peu plus.

Sa lèvre inférieure s'est mise à trembler. « C'est complètement différent, tout ça, et tu le sais très bien.

— Quoi que vous en pensiez tous les deux, Astrid est une très bonne mère.

— Ah oui ? a fait Winnie. Tu es sûr ?

— Winnie. » Dylan a dit cela comme un avertissement.

Elle a ouvert la bouche. Puis l'a refermée. J'en ai déduit que, pour une fois dans sa vie, elle avait décidé de réfléchir avant de parler. Elle a pris une grande inspiration. « Je pense quand même qu'on devrait parler de ça à quelqu'un. M. Thibault, par exemple. Il saurait qui contacter…

— non ! » J'ai senti, comme souvent, une boule de panique monter dans ma gorge. « Si tu le dis, je risque d'être emmené quelque part. Placé dans un foyer. De devoir changer de collège. De perdre ma mère pour toujours. Elle a besoin de moi. J'ai besoin d'elle. Je vous l'ai dit parce que je ne voulais plus vous mentir, mais si vous caftez… ce sera la fin de notre amitié. Je ne vous parlerai plus jamais de ma vie.

— Tu te rappelles, en CE2, quand je suis sorti dans la cour en chaussettes ? m'a demandé Dylan. Et que j'ai marché dans une crotte de chien ? Et qu'en essayant de faire disparaître mes chaussettes dans la cuvette des chiottes on a inondé les toilettes ? »

J'ai acquiescé.

« Ce jour-là, on s'est promis croix de bois croix de fer qu'on ne rapporterait jamais l'un sur l'autre, a-t-il continué. Alors je ne dirai rien. »

Nous nous sommes tous les deux tournés vers Winnie. Elle a hésité. « Bon, d'accord. Mais seulement jusqu'à l'émission. Ensuite, si ta situation ne change pas… je ne promets rien.

— Ça me va. »

De toute manière, une fois l'émission passée, il n'y aurait plus de problème.

Je me suis mis à réviser comme un fou. Jamais de ma vie je n'avais été si concentré sur un objectif.

Par chance, je n'étais pas seul. Dylan et Winnie ont fait une annonce en classe, et M. Thibault a déclaré que chaque jour, pendant un quart d'heure, mes camarades me poseraient des questions en français. Ils s'y sont tous mis, sauf Donald, qui me disait des trucs comme « Essaie d'épeler *testicule* à l'envers » avant de se mettre à glousser comme un imbécile.

Après les cours, je filais chez Dylan, où Winnie et lui, parfois accompagnés d'Alberta et de Henry, testaient mes connaissance en art, littérature, découvertes scientifiques, histoire, géographie, guerres, chimie, maths, culture populaire, faune et flore, constellations, actualité, orthographe… tout ce que vous voulez. Ils pensaient à tout.

« Qui est l'auteur du classique de 1897 intitulé *Dracula* ?

— Bram Stoker.

— Quelle invention pharmaceutique a radicalement réduit les maladies et les décès par infection bactérienne ?

— La pénicilline.

— Sous quel chef d'accusation le fameux gangster de Chicago Al Capone a-t-il été finalement incarcéré ?

— Fraude fiscale.

— Dans quelle prison ?

— Alcatraz.

— À quelle date l'archiduc François-Ferdinand a-t-il été assassiné ?

— 1914.

— Sois plus précis.

— Aucune idée.

— Le 28 juin 1914. »

À 17 heures, nous allumions la télé pour regarder *Qui, Que, Quoi, Quand ?* et j'essayais de trouver les réponses avant les concurrents. Winnie ne pouvait pas s'empêcher d'en crier aussi, et elle avait un petit sourire supérieur chaque fois qu'elle me battait.

Dylan m'a laissé entrer dans le bureau de son père pour imprimer le contrat que Nazneen m'avait envoyé par mail. Il était super long et super barbant. J'ai arrêté de le lire au bout de la première page. J'ai imité la signature de ma mère histoire d'accélérer les choses, scanné les pages et renvoyé celles-ci à Nazneen.

Je me suis aussi excusé auprès de Dylan environ vingt millions de fois. « J'adore ta maison, lui ai-je redit un après-midi, alors que nous étions en train de réchauffer des mini-pizzas au micro-ondes.

— Bah…

— Je ne sais pas ce qui m'a pris. Je voulais faire mal, c'est tout…

— Non mais c'est pas grave, c'est oublié…

— Tu es le meilleur ami que j'aie eu de ma vie… »

Soudain, il y a eu comme un *boum* assourdi. Dylan a ouvert le micro-ondes… les pizzas avaient explosé. Un vrai carnage de fromage et de sauce tomate.

« Tu vois ? Ça, c'est Bernard qui essaie de te faire taire. »

Je n'ai pas pris la peine de faire remarquer à Dylan qu'il avait réglé le minuteur sur trente minutes au lieu de trois.

Je préférais son explication.

Winnie et moi avons eu une réunion avec Charlie Tuyen. « Je ne vais rien pouvoir écrire dans le numéro de novembre, ai-je annoncé.

— Pas de souci. On va simplement raccourcir la section en français.

— Ça ne sera pas nécessaire, est intervenue Winnie. Je vais écrire un article de fond. Qui prendra beaucoup de place.

— Sur quel sujet, cette fois ? Le changement climatique ? La faim dans le monde ? Les génocides ?

— Excellentes suggestions, mais non. Je vais parler de Félix. »

Première nouvelle.

« Comment ça, parler de moi ?

— Du fait que tu vas participer au jeu télévisé le plus populaire du Canada, patate.

— Je n'aurais jamais cru te dire ça un jour, Winnie, mais c'est une idée fantastique, a commenté Charlie.

— Youpi ! »

Winnie a pris ma main et l'a pressée. J'ai fait de même. Elle m'agaçait encore. Mais en même temps, elle me faisait chaud au cœur.

La plupart du temps, je ne rentrais pas au Combi avant 20 heures. Astrid était déjà au lit, emmitouflée, en train de lire à la lueur de sa frontale. Nos conversations étaient brèves.

« Tu veux que je t'interroge encore un peu ?

— Non merci, j'ai eu ma dose.

— Compris.

— Ça se passe comment, la recherche d'emploi ?

— Bien, bien.

— Des pistes ?

— Tu seras le premier informé. »

Sa voix avait ce ton monocorde qui ne trompait pas : j'étais à peu près sûr qu'elle traversait un Marasme. Mais je ne pouvais pas m'attarder là-dessus. Pas en ce moment, où j'avais du pain sur la planche. Où je touchais du doigt la solution à nos problèmes.

Et puis, juste une semaine avant l'émission, je suis tombé malade. Très malade.

Ma toux a tourné à la fièvre et à la diarrhée. Avoir la diarrhée, ce n'est déjà pas marrant dans de bonnes conditions. Mais quand on vit dans un Combi Volkswagen, comment dire… ça pue. Au sens propre comme au figuré.

Le mardi matin, en essayant de me lever, j'ai failli tomber dans les pommes. Astrid a refusé que j'aille en classe. « Je t'emmène voir un médecin. » Elle m'a conduit jusqu'à une clinique où on pouvait consulter sans rendez-vous.

« C'est clairement une vilaine grippe virale », a déclaré la femme qui m'auscultait sans retirer un instant son masque en papier. « Il faut qu'il se repose, et qu'il boive le plus possible. Si son état s'aggrave, emmenez-le aux urgences. »

Astrid a garé le Combi devant la plage de Spanish Banks pour que j'aie la vue sur la mer. Elle m'a installé dans son lit et a empilé sur moi tous nos duvets et nos couvertures. C'était une journée froide et pluvieuse. Elle m'a forcé à avaler une tonne d'eau et de Gatorade, et a posé un seau par terre. « Pour les urgences de boyaux, m'a-t-elle dit. N'hésite pas, Félix. Ça ne me dérange pas de le vider. »

Puis elle a commencé à mettre ses chaussures.

« Où tu vas ?

— Nous acheter un nouveau chauffage. » Elle a posé une main sur mon front fiévreux. « Je reviens dans une demi-heure. »

Elle est sortie en verrouillant la portière derrière elle.

J'ai sorti Horatio de sa cage et je l'ai posé sur mon torse. Il m'a reniflé la figure. Lui non plus n'avait pas l'air dans son assiette, ces derniers temps – on aurait dit qu'il traversait son propre Marasme miniature. Il était léthargique et ne mangeait pas grand-chose. J'ai embrassé sa tête douce et je l'ai remis dans sa cage.

J'ai somnolé une grande partie de la journée. J'ai fait des rêves délirants. Astrid et moi étions dans une sorte de palais, en train de déambuler dans les vastes pièces avec Horatio Blass en personne. Il nous disait que le palais était à nous. Mais ensuite, il se transformait en Horatio la gerbille, et la demeure entière commençait à couler parce qu'elle était construite sur un marécage. Nous nous retrouvions en train de patauger dans la vase et d'essayer de fuir, mais le sol était comme des sables mouvants, et puis j'ai entendu un rire sinistre. C'était mon *tomte*. Il était vivant, et il avait l'air content de nous voir sombrer…

Je me suis réveillé en sursaut au moment où la vase atteignait ma taille. « Astrid ? »

Elle n'était pas encore rentrée. J'ai réussi à jeter un coup d'œil à mon téléphone. Treize heures passées. Était-elle revenue et repartie ? Je n'en avais aucune idée. J'ai tourné les yeux vers la cage d'Horatio. Il s'était enfoui sous sa sciure. « J'espère que tu n'as pas la même chose que moi », ai-je murmuré. Puis je suis retombé dans un sommeil fiévreux.

Cette fois, j'ai rêvé de mon père. Nous vivions tous les trois dans un loft, et je savais que c'était à Toronto, même si je n'y ai jamais mis les pieds. Je me rappelle juste que j'étais heureux. Quand je me suis à nouveau réveillé, je me sentais un peu mieux. La fièvre semblait retomber. La lumière avait baissé ; il faisait presque nuit.

« Astrid ? »

Elle n'était toujours pas là. J'ai consulté mon téléphone. Seize heures. Je l'ai appelée. Je suis tombé directement sur la messagerie.

Mon POPO me soufflait que quelque chose n'allait pas du tout. Une vague de terreur a enflé dans mon estomac. J'ai tenté de communiquer avec elle par la pensée. J'ai essayé très fort. Je me suis redressé dans le lit. J'avais réussi à ne pas utiliser le seau de la journée, et je ne voulais pas commencer maintenant.

Je me sentais encore faible, mais j'ai enfilé un pull par-dessus mon pyjama et je me suis traîné jusqu'aux toilettes. De retour dans le Combi, j'ai encore essayé de l'appeler. Toujours sur messagerie. Il y avait cinq heures qu'elle était sortie acheter un chauffage d'appoint, et elle n'était pas encore revenue.

Toutes sortes de pensées se sont mises à défiler dans ma tête comme sur un téléscripteur, et aucune n'était rassurante.

Elle a été renversée par une voiture et elle est dans le coma, dans je ne sais quel hôpital. Elle a été violée et assassinée et son corps gît dans les bois. Elle m'a abandonné. Elle en a eu marre et elle est partie. Elle s'est suicidée.

Je savais qu'il fallait que je fasse quelque chose, mais quoi ? J'ai pensé appeler Dylan ou Winnie, mais cela les aurait obligés à parler à leurs parents. J'ai envisagé d'appeler la police, mais j'imaginais la colère d'Astrid si je le faisais. Puis je me suis dit : *Les morts ne peuvent pas se fâcher, si ?* Et cela m'a fait pleurer. J'ai allumé notre lampe à piles et ouvert la cage d'Horatio pour puiser un peu de réconfort auprès de mon ami au poil doux.

Avec Mormor, j'avais mis un moment à comprendre. Avec Horatio, j'ai su tout de suite. Son petit corps était froid et raide.

Horatio Blass était mort.

La portière du Combi a coulissé cinq minutes plus tard. « Maman ! » ai-je braillé, en me fichant pas mal de l'appeler comme ça. Je suis tombé dans ses bras.

Elle m'a serré contre elle, en me caressant les cheveux. « Félix, pardon, pardon. » Elle pleurait autant que moi.

« Horatio est mort.

— Oh, non ! Oh, Böna. Pauvre Horatio. Je suis désolée.

— Mais où étais-tu passée ?

— Je suis allée au magasin chercher le chauffage… » Elle s'est arrêtée là.

« Astrid… tu n'as pas essayé de le voler, quand même ? »

De la tête, elle m'a fait signe que si. « Le proprio m'a vue. J'ai essayé de discuter avec lui, mais il n'a rien voulu savoir. Il a appelé les flics. Ils ont mis un temps fou à arriver, et pendant tout ce temps un employé est resté à me surveiller dans l'arrière-boutique. Mon téléphone n'avait plus de batterie. Ils ont refusé de me laisser t'appeler depuis la ligne fixe… Ils m'ont traitée comme une moins-que-rien. Quand la police est arrivée, le proprio a dit des horreurs sur moi, il a raconté que je devais être une junkie ou une cinglée.

— Et les flics, qu'est-ce qu'ils ont fait ?

— Ils m'ont cherchée partout dans leur système. Voyant que je n'avais pas d'antécédents, ils m'ont interdit de remettre les pieds dans ce magasin et ils m'ont laissée partir. (Elle s'est mouchée bruyamment.) Je suis absolument désolée, Félix. Pour tout. Je suis une mère lamentable.

— Mais non, mais non. » Sur le moment, je le pensais.

« Et désolée pour Horatio. Je sais combien tu tenais à lui.

— On devrait l'enterrer. »

Elle a acquiescé. « Dès qu'il fera jour. On lui trouvera un endroit spécial. »

Elle a étalé une serviette sur la cage. Puis elle m'a fait du chocolat chaud en poudre. Voyant que je ne vomissais pas, elle m'en a refait.

« Je te fais la lecture, si tu veux ? » m'a-t-elle proposé.

Quand j'étais petit, elle me lisait des histoires tous les soirs, même pendant ses Marasmes.

« Oui. »

Elle a déniché mon exemplaire corné de *Moumine le Troll.* « Tu sais qu'il était à moi quand j'étais petite.

— Tu me l'as dit environ un million de fois. »

Elle a lu longtemps. Elle lisait bien, à haute voix. Pendant de brefs instants, j'ai pu avoir l'impression d'être redevenu un petit enfant, sans un souci au monde.

Puis je pensais à Horatio et je me remettais à pleurer. Elle m'a fait la lecture jusqu'à ce que je m'endorme. Sur la centaine de nuits que nous avions passées dans le Combi, aucune n'avait été aussi affreuse. Et pourtant, la pire de toutes était encore à venir.

Astrid et moi avons enterré Horatio sous un saule pleureur au bord de la mare aux canards le lendemain matin. Nous avons évoqué nos souvenirs préférés de lui. « Tu te rappelles la fois où il s'est sauvé de sa cage, dans l'appartement en sous-sol ? Et où on l'a retrouvé deux jours plus tard derrière la chaudière ?

— Et la fois où je l'ai emmené à l'école dans mon sac à dos et où une fille s'est mise à crier parce qu'elle a cru que c'était un rat ? »

On a ri. On a pleuré.

En tout, j'ai raté trois journées de cours. Quand je ne somnolais pas, Astrid m'interrogeait pour me préparer à *Qui, Que, Quoi, Quand ?* J'ai informé Dylan et Winnie par texto que j'allais mieux et que je serais bientôt de retour. Ils voulaient venir me voir, mais j'ai pensé que ce serait au-dessus de mes forces. J'ai donc simplement négligé de leur dire où nous avions garé le Combi.

L'absence d'Horatio me pesait beaucoup. Il faisait partie de ma vie depuis quelques années, et il partageait notre quotidien dans le Westfalia depuis le début. Même quand je n'avais pas envie de rentrer le soir, je me faisais toujours une joie de le revoir. Désormais, je n'avais même plus cela. Sans lui, l'avenir me semblait plus incertain que jamais.

J'ai fini par retourner au collège le vendredi. « T'as une mine de déterré, a commenté Winnie en me voyant.

— Merci beaucoup.

— Tu es sûr que ça va ? s'est enquis Dylan.

— Oui. Non. Horatio est mort.

— Oh, Félix ! » a soufflé Winnie. Dylan et elle m'ont serré en même temps dans leurs bras.

« Tu devrais peut-être venir habiter chez moi jusqu'à l'émission, a suggéré Dylan.

— Merci, mais je ne peux pas. Je ne peux pas laisser ma mère, surtout en ce moment.

— Comment va-t-elle ? » a demandé Winnie.

J'ai eu un geste vague. « Je ne sais pas trop. »

Plus tard, au self, ils m'ont donné plein de choses à manger. Je sais qu'ils avaient tous les deux pris le réflexe d'emporter du rab, au cas où. En cours de maths, je me suis endormi à mon bureau. À la sonnerie, M. Thibault m'a demandé si je pouvais rester un peu. Une fois le dernier élève sorti, il a posé une fesse sur ma table.

« Tout va bien, Félix ? s'est-il enquis en anglais.
— Oui, monsieur. Tout va bien.
— Tu m'as l'air épuisé, en ce moment. Et tu as mauvaise mine.
— J'ai attrapé la grippe. Et je travaille beaucoup pour préparer le jeu télévisé. »
Il m'a observé avec attention. « Tu es sûr que c'est tout ?
— Sûr. »
Il a gardé le silence un instant. « Comment ça se passe, point de vue logement, Félix ? »
C'est là que j'ai su que quelqu'un avait bavé. « Je ne vois pas ce que vous voulez dire. »
Il a continué de me fixer. « J'aimerais parler un peu avec ta mère.
— Pourquoi ?
— Dis-lui que je voudrais avoir un entretien avec elle dès que possible.
— Mais je vous l'ai dit, tout va bien. »
Il s'est mis à griffonner un mot. « Je sais que tu passes à la télé la semaine prochaine. Mais demande-lui quel jour l'arrangerait la semaine d'après. On peut se voir avant ou après les cours. » Il m'a tendu le mot.
« Mais, monsieur…
— Il n'y a pas de mais, Félix. Si je n'ai pas de ses nouvelles d'ici la fin de la semaine prochaine, je demanderai au collège de la contacter. »

Winnie et Dylan m'attendaient pour partir. J'ai fusillé Winnie du regard. « Tu as cafté. Tu avais dit que tu n'en parlerais à personne, et tu l'as fait quand même. »

Elle a regardé Dylan, qui a inspiré à fond. « En fait, Félix, c'est un peu nous deux », a-t-il lâché.

J'en suis resté bouche bée. Je me sentais comme Jules César quand il comprend que son fidèle ami Brutus vient de le poignarder. *Tu quoque, mi fili !*

« C'est M. Thibault qui nous a approchés, a continué Winnie. Pendant ton absence. Il avait remarqué des choses. Il nous a posé des questions. On ne lui a pas raconté grand-chose. Mais on n'a pas menti, non plus.

— Il s'inquiète pour toi, a dit Dylan.

— Eh bien, qu'il arrête ! Vous pouvez tous arrêter de vous en faire, et arrêter de vous mêler de ce qui ne vous regarde pas ! » J'ai poussé la porte pour sortir.

« Allez, quoi, Félix ! a dit Dylan. Tu sais que ce n'est pas juste de nous en vouloir.

— Non. Non, je n'en sais rien. Je ne veux plus jamais vous parler, à tous les deux. Jamais. »

Au moment même où ces mots me sortaient de la bouche, j'ai compris à quel point ils étaient ridicules et puérils. Mais j'ai continué d'avancer. Il fallait que je reste concentré. On était le vendredi 25 novembre. Le dimanche, Astrid et moi serions emmenés dans un hôtel. Le lundi, je passerais dans *Qui, Que, Quoi, Quand ?* Et ensuite, d'une manière ou d'une autre, tout changerait.

Du moins, c'était ce que je pensais.

Comment pouvais-je deviner que le samedi serait une catastrophe colossale ? Comment prévoir que nous finirions au commissariat ?

Même si ce n'est pas nous, les méchants. Même si Abélard est un menteur. Vous pouvez comprendre que je *pète les plombs*.

Voici ma version de ce qui s'est passé, brigadière Lee. Samedi était une belle journée ensoleillée, rare pour un mois de novembre, si bien qu'Astrid et moi avons donné un bon coup de propre au Combi. Puis nous sommes allés à la laverie pour tout passer à la machine : vêtements, draps, serviettes. Ce n'était pas du luxe. Je me sentais rétabli à quatre-vingt-quinze pour cent et, comme j'avais un appétit d'ogre, Astrid nous a acheté une boîte de beignets de la veille. Elle en a mangé un ; moi, cinq.

J'avais prévu de me faire une dernière journée marathon de révisions chez Dylan, mais comme je ne parlais plus ni à lui ni à Winnie, j'ai laissé ma mère me questionner à leur place.

Quand nous sommes retournés à Spanish Banks, le soleil était déjà bas dans le ciel et les parkings commençaient à se vider. Nous avons fait nos sacs pour la semaine avec nos vêtements propres, en laissant la portière ouverte pour faciliter nos déplacements.

« Jolie vue ! » a fait une voix d'homme. J'ai supposé qu'il parlait à quelqu'un d'autre.

« J'ai dit, jolie vue ! »

J'ai sorti la tête par la portière. Deux types, debout à côté du Combi, regardaient ma mère. Ils étaient propres sur eux, en jean et coupe-vent. L'un des deux était aussi haut que large. Astrid lui a envoyé un regard noir, puis s'est remise à ses préparatifs.

« On dirait bien que vous vivez là-dedans, hein ? a dit le grand baraqué.

— On est en week-end. On va voir des amis sur la colline, a répondu Astrid.

— Moi, c'est Barry. Et je vous présente mon copain Silvio. »

Il a tendu la main. Elle ne l'a pas serrée.

Le sourire de Barry s'est envolé. J'ai remarqué qu'il ne jetait pas un regard dans ma direction. « Si vous voulez faire la fête ce soir…

— On a déjà quelque chose de prévu. Chez nos amis, sur la colline. Et maintenant, si vous voulez bien nous excuser… » Froide. Pas un sourire.

« J'essayais juste de faire la conversation », a lâché le type. Silvio et lui ont traversé le parking pour rejoindre une bagnole de frimeur, une Camaro noire, dans laquelle ils sont montés. Ensuite, Barry a emballé le moteur de manière ridicule. La Camaro est sortie du parking en rugissant. Astrid s'est retournée vers moi et a levé les yeux au ciel.

Nous avons terminé nos bagages. Astrid nous avait acheté une grande pizza pour le dîner. Elle n'était plus bien chaude, mais quand même délicieuse. Nous avons enfilé nos manteaux et nos bonnets et sommes restés assis, portière ouverte, pour admirer les dernières lueurs du couchant. Nous avons identifié diverses constellations quand les étoiles sont apparues.

« Demain est un grand jour pour toi, a-t-elle dit. Le début d'une magnifique aventure. » Elle m'a pris la main. « Quoi qu'il arrive, je suis déjà très fière de toi. » Elle m'a embrassé sur la tête.

« Merci.

— Et pour info, même si tu gagnais tout l'argent du monde, ça ne serait rien à côté du jackpot que j'ai décroché le jour où tu es né. »

J'ai poussé un gémissement. « Ça sent l'eau de rose, par ici ! »

Elle m'a entouré de son bras, et je me suis appuyé contre elle. « Du concentré d'eau de rose, je te le confirme. Mais c'est vrai, Böna. Tellement vrai. »

À 22 heures, nous étions au lit, mais bien trop surexcités pour dormir. « Je vais aller à l'hôtel pour la première fois de ma vie !

— La deuxième, en fait. Quand tu étais tout petit, Mormor nous a emmenés passer un week-end aux sources chaudes de Harrison.

— Aucun souvenir.

— Qu'est-ce qui te fait le plus envie ?

— Les toilettes. Et toi ?

— Le bain moussant, m'a-t-elle répondu. Je compte prendre un bain de bulles tous les jours.

— L'eau chaude.

— Le mini-bar.

— La télé.

— Les draps d'hôtel.

— Les prises électriques. » Au loin, j'ai entendu un moteur. Bruyant, comme celui d'une voiture de sport.

« Le Wi-Fi gratuit.

— Le chauffage. »

La voiture se rapprochait, j'ai attendu qu'elle soit passée.

« Les petits savons et les petites bouteilles de shampooing et de lotions. Je les cacherai dans mon sac tous les jours pour qu'on nous en redonne.

— Les serviettes épaisses. »

La voiture s'est garée dans le parking. Juste à côté de notre Combi. Astrid a éteint sa frontale. Nous sommes tombés dans un silence de mort. Des portières se sont ouvertes et refermées. Des bruits de pas.

« Hé, ho, là-dedans ! » Une voix qui ressemblait beaucoup à celle de Barry. Mais pâteuse.

Nous avons retenu notre souffle.

« Allez, chérie. On sait que t'es là. On a vu la lumière. »

J'étais raide comme un piquet dans mon lit. Nous ne faisions pas un bruit.

« Je crois pas qu'elle soit là », a fait une autre voix. Probablement celle de Silvio. Tout aussi pâteuse.

Et là, j'ai eu le hoquet. *Hic !* Non ! Pas maintenant !

« J'ai entendu quelque chose, a dit Silvio. Allez, ouvre ! On passe juste dire bonsoir ! »

Nous les entendions se déplacer autour du Combi.

« Je crois que je vois quelqu'un », a dit Barry. Il essayait de regarder à travers les vitres. Puis il a tenté d'ouvrir les portières. Elles étaient verrouillées, bien sûr. Il s'est mis à tambouriner contre le flanc du Combi. J'ai eu un nouveau hoquet, mais ça n'avait plus d'importance, car Astrid était à bout de patience.

« Barrez-vous d'ici, ou j'appelle les flics ! » a-t-elle crié.

Les coups contre la carrosserie ont cessé.

Le soulagement m'a envahi. Ça n'a pas duré.

« Je le savais, que t'étais là ! On a apporté une bouteille de bourbon. Allez, on va s'éclater ! »

En dessous de moi, j'entendais Astrid fouiller dans la poche de sa veste.

« Garde ton calme, Félix. Je vais démarrer, m'a-t-elle dit tout bas. Et si jamais j'écrase un de ces imbéciles, le monde n'en sera que meilleur. »

L'un des deux types a commencé à taper doucement contre la fenêtre, ce qui était encore plus glauque que les coups contre la carrosserie. « Ouvre ! »

Astrid s'est tortillée pour atteindre le siège conducteur et je suis descendu de ma couchette pour m'installer sur le siège passager. J'avais tellement la trouille que je tremblais comme une feuille.

Astrid aussi devait avoir peur, car elle a lâché la clé.

« Tiens, mais te voilà ! Salut, ma belle ! » Barry a pressé sa figure contre la vitre côté conducteur, d'une manière absolument terrifiante. Il était ivre à ne plus tenir debout.

Astrid a retrouvé la clé. Malgré ses mains tremblantes, elle a réussi à l'enfoncer dans le contact. Elle l'a tournée.

Le moteur n'a pas démarré. « *Förgrymmat också !* »

Le Combi a commencé à tanguer. Barry et Silvio s'étaient placés de chaque côté et s'amusaient à le secouer. Astrid a de nouveau essayé de démarrer. Toujours rien.

Tout à coup, Mel le *tomte* est tombé du tableau de bord, pile dans mes mains. Je me suis cramponné à lui.

Pitié, pitié, protège-nous, là, tout de suite, Mel ! ai-je pensé. *Si tu ne fais rien d'autre pour nous, fais au moins ça !*

Mon téléphone aussi est tombé sur mes genoux. D'accord, c'était peut-être le mouvement qui l'avait délogé de la couchette du haut. Mais je préfère penser que c'était Mel. Il me regardait avec ses petits yeux ronds, et j'ai su exactement quoi faire. J'ai composé le 911.

27 NOVEMBRE, 4 HEURES DU MATIN

« Vous êtes arrivée cinq minutes plus tard avec votre coéquipier, brigadière Lee. Et au lieu des méchants, c'est nous que vous avez arrêtés. Et nous voilà. »

D'un grand geste du bras, j'ai désigné le commissariat.

La brigadière a retiré ses pieds de son bureau et s'est penchée vers moi. Ses yeux étaient mouillés, et mon POPO m'a soufflé que soit je l'avais émue, soit elle souffrait d'allergies.

« C'est une histoire incroyable que tu viens de me raconter, Félix. Je suis sincèrement navrée pour tout ce que vous avez traversé, ta mère et toi.

— Euh… merci…

— Je tiens à ce que tu saches qu'on cherche toujours ces deux affreux. Et que ta mère et toi n'êtes pas en état d'arrestation. On vous a amenés ici en partie pour votre protection.

— Et en partie parce que le Combi a été déclaré volé il y a cinq jours.

— Vérifier les plaques d'immatriculation, ça fait partie de notre travail quotidien.

— J'aurais préféré qu'Abélard reste toute sa vie en Inde.

— Après ce que tu m'as dit sur lui, moi aussi, je préférerais ! » Elle m'a souri.

« On ne peut pas lui faire confiance.

— Je te promets de garder ça en tête. Mais en attendant, il faut qu'on décide de ce qu'on va faire de vous. »

La peur m'a empoigné l'estomac et l'a serré, fort. J'ai lâché un pet silencieux-mais-puant, et je n'ai pu que m'excuser avec mes yeux quand il a frappé les narines de la brigadière.

« Je vous en supplie, n'appelez pas la def.

— Elle est déjà prévenue.

— Hein ? Non ! Vous n'avez rien entendu de ce que je vous ai dit ? Ils vont me placer. Je ne veux pas de ça. »

Elle a rapproché sa chaise à roulettes de la mienne. « Félix. Je sais que ta mère a sa propre expérience de la direction de l'Enfance. Et il est vrai que séparer les familles était bien plus courant quand elle était jeune. Mais de nos jours, le but est d'essayer de les garder unies. Et c'est ce qui arrive, même dans des situations bien moins idéales que la vôtre.

— Alors… vous n'allez pas nous séparer ?

— Ce n'est pas moi qui décide. Mais franchement, j'en doute. » Elle a fait cliqueter son stylo plusieurs fois. « Cela dit, vous ne pouvez pas retourner dans le camping-car, s'il ne vous appartient pas. »

J'étais sur le point de clamer qu'Abélard était un menteur et que le Combi était bien à nous. Mais je me suis ravisé. Car je n'étais pas certain que ce soit vrai. D'ailleurs, à bien y repenser, Abélard, qui avait toujours été un radin égocentrique, n'était pas du genre à donner son véhicule à maman comme ça.

« Mais si on ne le récupère pas, où est-ce qu'on va aller ? »

Elle ne m'a pas répondu. Elle regardait quelque chose, ou quelqu'un, derrière moi. J'ai suivi son regard. Un type à la barbe hirsute, coiffé d'un turban, s'approchait de nous. La brigadière Lee a souri. « Félix, voilà le travailleur social de la def. » Puis elle m'a glissé à l'oreille : « Vijay est mon préféré. Je pense que vous allez bien vous entendre. »

Vijay et moi avons passé presque une heure ensemble dans un petit bureau, à l'écart de la grande salle. Au début, je ne voulais pas lui parler du tout. Mais quand il m'a dit qu'il s'était déjà entretenu avec ma mère, je n'ai pas pu m'empêcher de demander : « Elle m'en veut ?

— De quoi ?

— D'avoir appelé la police.

— Non, pas du tout. Tu as eu le bon réflexe, à cent pour cent. »

J'avais envie de le croire. « Mais je nous ai attiré des ennuis.

— Lesquels ?

— La perte du Combi, et le fait que des gens comme vous viennent s'en mêler.

— Des gens comme moi ?

— Des gens de la def. »

Il a caressé sa barbe. « Ta mère m'a dit qu'elle avait eu une très mauvaise expérience dans sa jeunesse. »

J'ai acquiescé. « C'est une bonne mère. Pas parfaite. Mais elle fait de gros efforts. Et elle m'aime, et je l'aime. » Une boule énorme s'est logée dans ma gorge. J'ai eu du mal à faire sortir les mots suivants. « Pitié, ne m'enlevez pas à elle. »

Je me suis retenu de pleurer, mais deux larmes sont passées quand même.

Vijay s'est penché en avant. « Félix, je n'envisagerais l'éloignement que si je te pensais en danger, et rien de ce que j'ai vu n'indique cela. D'accord ? »

Les digues se sont rompues. Je me suis mis à pleurer comme un veau.

Le reste de l'entretien avec Vijay ne s'est pas trop mal passé. Il m'a posé beaucoup de questions, comme : « Où vas-tu au collège ? Qui sont tes professeurs ? Quelles sont tes matières préférées ? Quelles sont tes plus grandes inquiétudes ? »

J'ai répondu avec honnêteté. J'ai dit que je m'inquiétais beaucoup pour ce que nous allions devenir.

« À ton avis, qu'est-ce qui vous aiderait le plus, ta mère et toi, en ce moment ?

— Facile. Un logement décent.

— Vous avez de la famille ?

— Juste Daniel, mon père. » Je lui ai dit deux ou trois choses sur Daniel : qu'il vivait à Toronto, et que lui aussi était fauché.

« Des amis qui pourraient vous loger, ta maman et toi ? »

J'ai réfléchi. Les parents de Dylan accepteraient sûrement de m'héberger un petit moment. Mais moi *et* ma mère ? Quant à Winnie, son appartement suffisait à peine pour eux trois. « Non, pas vraiment. »

Il prenait des notes dans un calepin en cuir.

« Qu'est-ce qu'on va devenir ? ai-je demandé.

— Dans l'avenir immédiat, je vais tâcher de vous trouver un logement temporaire quelque part, soit chez l'habitant, soit à l'hôtel.

— Un chouette hôtel ?

— Comme je te l'ai dit, ce sera temporaire », a-t-il lâché sans répondre à ma question. Ce qui était déjà une réponse en soi.

« Et ça prendrait combien de temps, de trouver quelque chose de plus permanent ?

— Parfois, il suffit de quelques mois. Parfois, c'est plus proche d'un an.

— Donc on pourrait passer un an dans un hôtel pas chouette.

— Je préfère te dire les choses franchement. »

Mon cœur battait à toute vitesse.

« Ma mère vous a dit qu'on a déjà une *chouette* chambre d'hôtel pour une semaine ? À partir d'aujourd'hui ?

— Tout à fait.

— On peut y aller ? »

Il a souri. « Tu n'as pas besoin de ma permission, Félix. Bien sûr que vous devriez y aller. C'est une occasion unique. *Qui, Que, Quoi, Quand ?* est une de mes émissions préférées.

— C'est vrai ?

— Mais oui. Tu te rends compte, tu vas rencontrer Horatio Blass en personne ! »

Nous avons terminé quelques minutes plus tard. Quand Vijay a ouvert la porte, j'ai entendu des éclats de voix. De voix que je connaissais. Ma mère. Et Abélard.

La joue d'Abélard portait deux griffures rouges toutes fraîches. J'étais à peu près sûr de savoir qui les avait faites. « Tu n'as jamais eu le droit de le prendre ! disait-il.

— Tu me devais bien ça, après avoir vécu à mes crochets pendant des mois, a grogné Astrid. Mon Dieu, pourquoi a-t-il fallu que tu rentres d'Inde, espèce d'ordure de bouddhiste de mes deux !

— Ça suffit, tous les deux ! » les a coupés la brigadière. Debout entre eux, elle paraissait épuisée.

C'est alors qu'Astrid m'a vu. « Félix ! »

J'ai couru vers elle. Elle portait sa version d'un pyjama : un pantalon de survêtement gris et son vieux tee-shirt « UNE FEMME SANS HOMME, C'EST COMME UN

POISSON SANS BICYCLETTE ». Elle a entouré mes épaules d'un bras protecteur. Abélard m'a décoché un regard furieux, que je lui ai cordialement retourné.

« Revoyons l'accord auquel nous sommes arrivés, a dit la brigadière Lee. Vous Abélard, abandonnez votre plainte…

— Pour le vol du Combi, d'accord. Mais maintenant, j'ai bien envie de porter plainte pour coups et blessures. » Il a porté les doigts à sa joue.

« Vas-y, je te regarde, ai-je lancé. Si tu fais ça, je montre aux flics la vidéo sur laquelle on te voit lui taper dessus. »

Ça lui a coupé le sifflet. C'était vrai qu'il l'avait frappée une poignée de fois, mais c'était faux que j'en avais la preuve en vidéo. J'avoue que je n'étais pas peu fier de moi ; je venais de dire un mensonge convaincant, quelque part entre l'« inoffensif » et le « quelqu'un risque de perdre un œil ».

« Et vous, Astrid, a continué la brigadière, vous êtes d'accord pour retirer immédiatement vos possessions du véhicule.

— D'accord. Oui.

— Abélard, on vous appellera quand le Combi sera prêt pour que vous veniez le prendre.

— Je vais attendre ici.

— Non, a dit la policière en lui parlant de tout près. Vous n'allez pas attendre ici. »

Il est parti. Astrid et moi avons été escortés jusqu'au garage souterrain, où était garé le Combi. Nous avons passé l'heure suivante à faire nos sacs. La brigadière nous a aidés. « Vous pouvez en laisser une partie au poste, le temps de vous retourner.

— Merci », ai-je dit. J'ai donné un petit coup de coude à Astrid, qui a marmonné un remerciement réticent.

La brigadière Lee nous a laissés terminer. Astrid et moi faisions des paquets en silence.

« Pardon, ai-je dit.

— De quoi ?

— Si je n'avais pas appelé la police… »

Elle m'a agrippé par les deux épaules. « Si tu n'avais pas appelé la police, qui sait ce que ces deux types auraient fait ? À moi… à *toi*… » Elle m'a soulevé le menton, mais pas de beaucoup ; ces quatre derniers mois, j'étais devenu presque aussi grand qu'elle. « Tu as bien réagi. » Puis elle m'a serré dans ses bras. Tellement longtemps que j'ai fini par me tortiller.

« Fais le guet, m'a-t-elle dit quand elle m'a enfin lâché.

— Pourquoi ?

— Fais ce que je te dis. Allez. » Elle s'est emparée de notre boîte à outils et a soulevé le siège passager, sous lequel était rangée la batterie. Elle l'a retirée en deux minutes. Puis elle l'a fracassée au sol deux ou trois fois. Après quoi, elle a traversé le garage et l'a jetée dans une grande benne bleue, enfin elle s'est essuyé les mains sur son pantalon de survêtement. « Mon cadeau de départ, Abélard. *Namasté !* »

Une fois nos affaires empaquetées, nous avons fait un dernier tour du Combi pour être sûrs de ne rien oublier. J'ai regardé sous les sièges, et une tache rouge m'a attiré l'œil.

Mel. Je l'ai attrapé, épousseté et fourré dans la poche de mon sweat à capuche. Astrid et moi sommes restés à contempler fixement le Westfalia. « Il nous a bien rendu service, vraiment, a-t-elle dit.

— Ça a été notre maison pendant quatre mois.

— Eh oui. »

Je ne sais pas ce qui passait par la tête d'Astrid. Mais même si je n'avais aucune idée de ce que l'avenir nous réservait, je sais ce qui passait par la mienne.

Bon débarras.

Astrid et moi n'avions pas dormi depuis plus de vingt-quatre heures. Dans deux heures, on devait venir nous chercher devant le cabinet d'avocats de M. Poplowski.

Nous nous sommes changés et débarbouillés tant bien que mal dans les toilettes du commissariat. Comme la brigadière Lee rentrait chez elle, elle a proposé de nous conduire sur Broadway dans sa Kia. Sans poser de questions.

Après que nous sommes descendus, elle a tendu sa carte à Astrid par la portière. « N'hésitez pas à m'appeler. Et, Félix, je suis à fond pour toi. Je serai devant ma télé demain soir. »

Sur ce, elle est partie. Astrid n'a pas pu se retenir ; elle a fait « Meuuuh… ».

« Sérieux ? me suis-je insurgé.

— Pardon. Les vieilles habitudes. »

Nous étions côte à côte sous le porche de l'immeuble.

« Félix. »

Elle m'a regardé, et je l'ai regardée. Et ça peut sembler fou, mais je jure que, pour la première fois de notre vie, nous avons réussi à nous parler par télépathie.

Je n'ai aucune idée de ce qui va nous arriver. Et j'en suis désolée.

Ne pensons pas à ça pour l'instant. Profitons juste de la semaine.

Une limousine noire s'est arrêtée contre le trottoir. Un chauffeur en blazer et casquette en est descendu.

« Félix et Astrid Knutsson ? »

Nous avons acquiescé. Il a pris nos sacs et les a chargés dans le coffre, puis nous a ouvert la portière arrière comme si nous étions des gens importants. Nous nous sommes regardés avec des yeux ronds. Et je jure que nous avons encore communiqué par la pensée, cette fois un mot unique : *Cool !*

Il y avait des choses à grignoter dans la limousine. Et à boire. Je n'avais rien mangé depuis les chips du commissariat. Nous avons déchiré les sachets d'amandes et les emballages de barres de céréales. Comme les vitres étaient teintées, nous nous la sommes jouée stars de cinéma, saluant de la main des admirateurs imaginaires.

Le trajet jusqu'à l'hôtel a duré moins de dix minutes. « Pardon, monsieur ? a dit Astrid. Vous auriez un peu de temps ?

— Tout à fait.

— Ça vous ennuierait de nous trimballer encore un moment ? »

Il nous a regardés dans le rétroviseur et a souri. « Pas du tout. Je suis payé pareil. »

Il nous a promenés dans Yaletown, puis Gastown, puis le long du front de mer avant de retourner vers l'hôtel. Nous avons encore mangé et fait coucou à nos fans imaginaires. Nous avions beau manquer de sommeil à un point inimaginable, la nuit précédente avait beau avoir été terrifiante, nous avions beau ne pas savoir où nous serions une semaine plus tard, nous nous sommes amusés comme des fous.

Les portes du hall se sont ouvertes automatiquement avec un léger *whoosh*. Un homme s'est avancé à grands pas, une planchette à pince à la main ; c'était Gouresh, que j'avais déjà vu pendant les auditions. « Félix, quel plaisir de te revoir ! » Il m'a serré la main, puis s'est tourné vers ma mère. « Gouresh Sandhi, responsable des candidats pour *Qui, Que, Quoi, Quand ?* Vous devez être la grande sœur de Félix.

— Charmeur ! » Mais elle a souri.

« On est très contents que vous soyez là tous les deux. Vous avez l'après-midi libre. À 17 heures, on se retrouve dans la salle de conférence, au premier, pour voir le règlement. Et dîner de groupe à 18 heures. »

Il nous a aidés à nous enregistrer à la réception. Puis Astrid et moi avons pris l'ascenseur pour rejoindre notre chambre au troisième étage. Elle m'a laissé insérer la carte qui faisait office de clé.

J'ai ouvert la porte. La chambre sentait la moquette neuve et le désodorisant d'intérieur. Il y avait deux grands lits, un bureau, et deux fauteuils club autour d'une petite table. Une télé écran plat était fixée au mur. Une machine à café trônait sur une petite étagère à côté de l'armoire. Mais le mieux, c'était encore le grand panier de bienvenue, plein de fruits, de noix et de chocolats, posé sur la commode. Dedans, une carte disait : « *Bienvenue, Félix. Toute l'équipe du Holiday Inn te souhaite bonne chance pour* Qui, Que, Quoi, Quand ? – édition Junior *!* »

Astrid et moi avons échangé un regard. Lâchant nos sacs, nous avons sauté sur les lits et rebondi comme des gamins. Ensuite, nous avons exploré la chambre dans tous ses recoins. Astrid s'est fait un café, et moi un chocolat chaud instantané. Nous avons dévoré une bonne partie du contenu du panier. Astrid a fourré dans les sacs tous les mini-savons, shampooings et dosettes de crème pour que le personnel en remette le lendemain. Nous avons rangé nos affaires dans les tiroirs et sur les cintres, et j'ai posé Mel à côté de la télé malgré les protestations d'Astrid. Ensuite, je me suis fait couler un bain dans lequel je suis resté très longtemps. Quand j'en suis sorti, Astrid l'a vidé, a empli la baignoire à nouveau et s'est pris un bain rien que pour elle.

Enfin, nous nous sommes mis au lit et nous avons dormi trois heures d'affilée.

Nous sommes entrés dans la salle de conférence juste avant 17 heures. Elle était déjà pleine de concurrents et de parents. J'ai compté que nous étions vingt jeunes au total : seize avaient une place garantie dans le jeu, quatre par jour, le gagnant de chaque journée disputant la finale le vendredi. Les quatre restants étaient des remplaçants, au cas où l'un d'entre nous tomberait malade ou devrait partir pour une raison ou une autre.

Astrid et moi avons pris les deux derniers sièges libres au fond. Gouresh était devant avec Nazneen. À 17 heures pile, celle-ci a commencé son speech.

« Félicitations à tous. Vous avez été sélectionnés pour la semaine inaugurale du *Qui, Que, Quoi, Quand ? – édition Junior*. Nous espérons renouveler l'événement chaque année, et nous pouvons d'ores et déjà vous annoncer que la spéciale de l'an prochain sera tournée à Halifax, en Nouvelle-Écosse. » Deux jeunes ont lancé des acclamations. Je n'ai pas eu besoin de mon POPO pour savoir qu'ils venaient de là-bas. « Je tiens à vous rappeler que c'est en soi une immense victoire d'être arrivés jusqu'ici. Quoi qu'il arrive au cours de la semaine, vous êtes tous gagnants. »

Elle nous a lu le règlement. Certains points étaient évidents, comme « Pas de gros mots ni de langage déplacé ou grossier en direct à la télévision ». D'autres ne me seraient jamais venus en tête. Par exemple, elle a averti les parents et accompagnateurs que le moindre soupçon de tricherie – par exemple des signaux, des gestes des mains ou de bruits venus du public, ou même des clignements d'yeux excessifs – entraînerait une disqualification immédiate.

Gouresh nous a demandé de nous lever à l'appel de notre nom. « Les concurrents de lundi sont : Freddie Owen… Azar Farzan… Félix Knutsson… et Helen Mair. »

J'ai jeté un coup d'œil aux autres. Freddie avait l'air hyper sérieux. Azar souriait largement. Helen regardait le bout de ses chaussures.

Gouresh a fait de même pour les concurrents du mardi, du mercredi et du jeudi. « Les gagnants des quatre manches s'affronteront vendredi pour la finale. »

Nazneen a ajouté : « Demain, à 13 heures, un minibus viendra chercher les concurrents de lundi et leurs accompagnateurs. Vous serez conduits au studio, où vous aurez droit à une courte répétition pour vous familiariser avec les buzzers et avec le plateau. Puis, à 17 heures, c'est le direct. Des questions ? »

J'ai levé la main. « Oui, Félix ?

— Et ceux qui ne gagneront pas ? Ils devront rentrer chez eux ?

— On préférerait que vous restiez toute la semaine ; il nous faut un public motivé pour chaque émission, et surtout celle de vendredi. »

J'ai soufflé de soulagement. Ma mère et moi étions à l'abri jusqu'au samedi, où nous serions plus riches de mille dollars au minimum.

Nous avons dîné avec Azar, Helen, Freddie et leurs parents. Azar se liait facilement. Freddie et Helen, moins. Freddie a à peine touché à son assiette. « Le trac », a-t-il lâché.

Je n'avais pas ce problème. C'était un buffet chinois, et je suis allé trois fois me resservir en bœuf aux haricots noirs, en poulet Général-Tso, en riz et en nouilles sautées. Je n'allais pas rater des repas pareils !

À 19 h 30, nous étions de retour dans la chambre.

À 19 h 45, je dormais à poings fermés.

Le lundi à 13 heures, un minibus est effectivement venu nous chercher. J'avais mis mon costard ; la veste dissimulait ma manche de chemise déchirée. J'avais mes Converse noires aux pieds.

Gouresh est venu avec nous. Il a été le seul à parler pendant le trajet ; nous autres, même les parents, étions noués par l'appréhension.

On nous a fait entrer dans un vaste studio, au sous-sol de l'immeuble de la chaîne. Des sièges pour un public d'environ deux cents personnes formaient un demi-cercle autour de la scène surélevée. Nos quatre podiums étaient côte à côte à un bout, et un cinquième, plus grand – celui d'Horatio Blass –, était installé à l'autre bout.

Nazneen était déjà là, en train d'aboyer des ordres à une petite équipe d'hommes et de femmes. Elle nous a fait monter sur scène et nous a guidés jusqu'à nos podiums. J'avais un de ceux du milieu. Comme Helen était bien plus petite qu'Azar, Freddie ou moi, ils ont trouvé un marchepied pour qu'elle monte dessus.

« Les questions apparaîtront ici. » Nazneen indiquait deux écrans séparés, inclinés de manière à pouvoir être vus par les concurrents comme par le public. Les catégories – « *Qui* », « *Que* », « *Quoi* », « *Quand* » – s'étageaient verticalement sur le côté en grosses lettres. En parallèle, il y avait cinq carrés blancs par catégorie. « Comme vous le savez puisque vous regardez l'émission, vous ne pouvez pas choisir la catégorie : l'ordre des questions est déterminé au hasard par un ordinateur. Chaque réponse juste rapporte deux points aux premier et deuxième tour, trois au troisième. Une réponse incorrecte vous coûte autant. »

Nazneen, dans le rôle de Horatio Blass, nous a fait faire une rapide répétition, en nous posant dix questions qui apparaissaient sur l'écran. Nous ne pouvions pas buzzer avant la fin de la question. Je connaissais au moins six réponses ; en revanche, manœuvrer le vrai buzzer se révélait plus difficile que je ne l'avais imaginé. J'avais toujours une fraction de seconde de retard, et je n'ai réussi qu'une fois à répondre en premier. Je sentais la sueur se répandre sous mes aisselles, alors que nous étions encore à plusieurs heures de l'émission.

Après la répétition, Gouresh nous a emmenés en coulisses, dans la loge. Une pièce exiguë, garnie de deux vieux canapés et de quelques chaises et tables pliantes. Des bagels, du fromage frais, des muffins et des cookies étaient disposés sur une des tables, avec de l'eau et des jus de fruits. « N'oubliez pas de manger, nous a-t-il recommandé. Ce serait dommage de faire une crise d'hypoglycémie au moment d'entrer en scène. »

Après mon marathon de goinfrerie de la veille, j'avais à peine touché à mon petit déjeuner, en dehors des deux petites tartes au flan que nous avions emportées en douce dans la chambre. Je me suis donc forcé à avaler un bagel. Mâcher m'a demandé un effort. Je l'ai fait descendre avec deux mini-briques de jus de pomme, en espérant que le tout n'allait pas remonter.

J'ai pensé à Dylan et à Winnie. Je me demandais s'ils viendraient, vu la manière dont je leur avais parlé.

Freddie, Azar, Helen et moi avons à peine échangé deux mots. Ce n'était pas par impolitesse. Nous étions tout simplement morts de trouille.

Une heure avant l'émission, on nous a emmenés nous faire coiffer et maquiller. « Juste une petite couche pour cacher les boutons et éviter de briller », a dit le maquilleur, Gary, en s'occupant de ma figure. Une certaine Aïsha a vidé une bombe de laque sur mes boucles, provoquant chez moi une quinte de toux.

Nazneen a passé la tête dans la salle. « Quelqu'un vient vous dire bonjour ! »

C'est alors qu'Horatio Blass est entré.

Je jure que mon cœur s'est arrêté. Il ressemblait beaucoup à l'Horatio Blass qu'on voyait à l'écran, et en même temps il était différent. Cela peut paraître étrange, mais il semblait moins réel dans la vraie vie qu'à la télé. Son visage était tartiné de maquillage, et il était bien plus petit que je ne l'aurais cru. Sa tête était énorme, et je suis à peu près sûr que ses épais cheveux noirs étaient une moumoute. Ses dents, déjà blanches à l'écran, étaient pratiquement aveuglantes en réalité. On aurait un peu dit une statue de cire à son effigie. « Bonjour à vous, les candidats ! » a-t-il lancé d'une voix de stentor. Cette voix m'a décontracté ; elle, au moins, était exactement la même.

Nous sommes tous allés lui serrer la main. Il nous a souhaité bonne chance. « Essayez de vous détendre et de vous amuser ! » Sur ces mots, il est reparti.

Dix minutes plus tard, dans la loge, nos parents ont été priés de gagner leurs places. Astrid m'a embrassé, en prenant soin de ne pas déranger mes cheveux ni mon maquillage. « Merde, Böna ! Et n'oublie pas : quoi qu'il arrive, c'est déjà un exploit d'être arrivé jusque-là. »

Elle s'en est allée. Les dix minutes suivantes ont duré une éternité. Le seul bruit venait de Freddie, qui s'était mis à fredonner pour lui-même.

Enfin, Gouresh est venu nous chercher. « C'est l'heure d'entrer en scène, les amis. »

Qui ? Notre Félix Knutsson à nous !

Que fait-il ? Il tente sa chance dans…

Quoi ? La spéciale de Qui, Que, Quoi, Quand ? – édition Junior.

Quand ? C'était hier soir, en direct sur CBC !!!

Par notre envoyée spéciale Winnie Wu

Quelle soirée, mes amis ! Quelle soirée fascinante, captivante, palpitante !

Votre envoyée spéciale était au premier rang pour la première manche de la première mondiale de *Qui, Que, Quoi, Quand ? – édition Junior*, enregistrée ici, à Vancouver, dans laquelle concourt Félix Knutsson, élève à Blenheim ! Nous espérions décrocher pour vous une interview exclusive d'avant-émission, bien que, pour des raisons grotesques dans lesquelles nous n'entrerons pas ici, M. Knutsson ne parle plus à l'autrice de cet article. Mais les producteurs ne nous ont pas laissée approcher des coulisses, déclarant, je cite : « Il n'y a pas d'accréditation pour les journaux de collégiens. » Nous avons essayé quand même de passer en douce, mais avons été refoulée par un vigile extrêmement baraqué.

Par conséquent, nous n'avons vu Félix qu'au moment où les caméras ont commencé à tourner, où son nom a été appelé et où il est entré en scène. Si vous regardiez de chez vous, peut-être l'avez-vous vu en gros plan et avez-vous pu distinguer s'il avait le trac, mais depuis notre siège nous l'avons trouvé calme. Ses cheveux formaient un halo de barbe à papa blonde. Les autres candidats étaient Freddie Owen de London (Ontario) ; Azar Farzan, venue en avion de Saint John (Nouveau-Brunswick) ; et Helen Mair de Gatineau (Québec). Il y a eu un tonnerre d'applaudissements pour tous, mais encore plus pour Félix, l'enfant du pays. Les supporteurs venus de Blenheim étaient nombreux, grâce à M. Thibault.

Horatio Blass a été présenté et s'est avancé sur la scène. Ça fait quelque chose de le voir en vrai !

Le premier tour de questions a commencé. Votre envoyée spéciale aurait voulu tout noter, mais, les ordinateurs portables n'étant pas autorisés, elle a dû prendre des notes à la main, et je voudrais vous voir écrire si vite ! Je n'ai donc pas saisi toutes les questions, mais voici quelques extraits :

Quelle est la plus haute montagne au monde après l'Everest ? (Le K2.)

Qui a écrit Vingt Mille Lieues sous les mers *?* (Jules Verne.)

De quand date la première édition de Vingt Mille Lieues sous les mers *?* (De 1870.)

Où se trouve Tombouctou ? (Au Mali.)

Notre Félix a eu des débuts mouvementés. Il semblait rencontrer des difficultés avec son buzzer. À la fin du premier tour (juste avant la dernière question), le score était le suivant : Freddie Owen, 14. Azar Farzan, 10. Félix Knutsson, 8. Helen Mair, 6.

Je sais que je parle pour tous les fans de Félix quand je dis que l'ambiance était morose pendant la première coupure pub. Nous avons regardé en silence les maquilleurs et coiffeurs se précipiter pour faire des retouches, principalement sur Horatio. Puis le directeur du studio a lancé le compte à rebours : « Dans trois... deux... une... », et l'émission a repris en direct, diffusée dans tout le Canada.

Avant d'entamer le deuxième tour, Horatio a demandé aux candidats de parler un peu d'eux-mêmes. Freddie a avoué que tout le monde l'appelait « Pud » parce que son dessert préféré était le pudding. Azar a raconté qu'un jour elle était montée dans un avion pour Saint John en Terre-Neuve, au lieu de Saint John dans le Nouveau-Brunswick. Helen a parlé de sa passion pour les livres de coloriages pour adultes.

« Félix, a dit Horatio Blass quand son tour est venu, il paraît que tu as donné mon nom à un animal.

— Oui, monsieur. Ma gerbille, Horatio Blass. »

Horatio a regardé droit dans la caméra en haussant les sourcils, provoquant l'hilarité du public. « Et puis-je te demander pourquoi ?

— Eh bien, votre émission est ma préférée. Et puis, ma gerbille avait une touffe de poils noirs sur la tête qui me rappelait vos cheveux. »

Encore des rires.

« On ne m'avait encore jamais dit que je ressemblais à une gerbille. Je crois que nous avons une image. » En effet, une photo s'est affichée sur un écran géant derrière les concurrents. À mon avis, la ressemblance avec le vrai Horatio Blass était criante. « Il est adorable ! J'espère qu'il nous regarde en ce moment.

— Ah, ça, j'en doute. Il est mort. »

Horatio s'est raclé la gorge. « Ahem. C'est bien triste, mais je crois qu'il est temps de passer au deuxième tour ! »

Votre envoyée spéciale ne veut pas se lancer trop de fleurs, mais les nombreuses séances de préparation qu'elle avait faites avec Félix – ainsi que Dylan et Alberta Brinkerhoff, Astrid Knutsson et Henry Larsen – ont commencé à payer, à fond.

Il a raté les deux premières questions du deuxième tour. Puis il s'est ressaisi. On aurait dit que quelqu'un avait craqué une allumette : soudain, il était en feu !

Où se trouve le temple de Pashupatinath ? (À Katmandou, au Népal.) *Qui a découvert l'insuline ?* (Banting et Best.) *Quand a eu lieu la révolution russe ?* (En 1917.) *Que signifie la locution latine* caveat emptor *?* (Aux risques de l'acquéreur.)

Chaque fois, Félix a donné la bonne réponse. Le score à la fin du deuxième tour : Freddie, 26. Félix, 24. Azar, 18. Helen, 12.

Silence de mort dans le studio pendant la page de publicité suivante. Les concurrents et le public étaient sur des charbons ardents (si vous ne savez pas ce que ça veut dire, vous n'avez qu'à vous renseigner).

Le dernier tour est enfin venu. Juste dix questions, plus difficiles cette fois, valant trois points chacune.

Que représente le K dans le tableau périodique des éléments ? (Le potassium.) *Qui composa* Le Sacre du printemps *?* (Igor Stravinsky.) *Où dans le monde peut-on nager entre deux plaques tectoniques ?* (En Islande.) *À quelle date le* Titanic *a-t-il sombré ?* (Dans la nuit du 14 au 15 avril 1912.) Sur les neuf premières questions, Azar a donné une bonne réponse. Helen, deux. Freddie et Félix, trois chacun. Le score : Helen, 18. Azar, 21. Freddie, 35. Félix, 33.

Puis est venue la dernière question.

Quel assassinat a déclenché la Première Guerre mondiale ?

Notre cœur a fait un bond ; nous avions entraîné Félix précisément sur ce sujet.

Il a buzzé. « Celui de l'archiduc François-Ferdinand d'Autriche. » Le score affiché sur son podium a bondi jusqu'à trente-six. Notre Félix Knutsson venait de remporter la première manche de *Qui, Que, Quoi, Quand ? – édition Junior.*

Le public – y compris votre dévouée envoyée spéciale – s'est déchaîné. Nous savons maintenant qu'il disputera la finale vendredi. L'autrice de cet article a convaincu le rédacteur en chef de publier une édition spéciale afin de couvrir cet incroyable événement.

À suivre !

(Pour l'édition en français de cet article, reportez-vous à la page 6. Votre envoyée spéciale a également convaincu le rédacteur en chef qu'une histoire de cette envergure et de cette importance devait être publiée dans les deux langues.)

Après l'annonce de ma victoire, un grondement a envahi mes oreilles, comme le bruit de la mer. Azar m'a serré la main et a dit quelque chose que je n'ai pas compris. Freddie et Helen, pareil. Horatio Blass nous a serré la main à tous, et mes oreilles ont dû se remettre à marcher, car je l'ai entendu dire : « Félicitations, Félix ! À vendredi. » Son haleine sentait le tabac. Et peut-être l'alcool.

J'entendais le public applaudir, et mes camarades de classe m'acclamer. Ma mère a sifflé entre ses doigts.

Les lumières se sont rallumées. Un photographe a pris des photos.

Nous avons été autorisés à descendre de la scène et à nous mêler au public. M. Thibault m'a serré dans ses gros bras. « On est tous très fiers de toi, Félix. » Les élèves de ma classe aussi m'ont embrassé et donné des tapes dans le dos – même Donald. L'espace d'un instant, j'ai eu peur que M. Thibault n'aille trouver Astrid, mais ils étaient aux deux bouts de la salle et mon prof avait vingt élèves à ramener chez eux en bus. Dylan était là avec sa famille, et Alberta avait amené Henry.

« Bravo, Félix ! » m'a-t-il lancé. Il avait des boucles, comme moi, mais coupées plus court et d'un roux flamboyant.

Alberta m'a ébouriffé les cheveux. « T'as réussi, Blaireau bionique ! » Puis elle a éclaté de son rire : « Ha-ha-ha-ha-ha-HIII-ha ! »

M. et Mme Brinkerhoff m'ont chaleureusement félicité aussi, puis sont allés parler avec ma mère. Je me suis retrouvé seul avec Dylan. « Trop fier de toi, amigo », a-t-il lâché.

Je lui ai donné une accolade chaleureuse. « Je ne mérite pas un ami comme toi. Je suis vraiment désolé, Dylan, pour tout…

— C'est oublié, m'a-t-il coupé. Je t'assure. Ne t'en fais pas pour moi. » Il a levé la main droite et discrètement pointé l'index à gauche. « Pas sûr de pouvoir en dire autant d'elle. »

Je me suis retourné. Winnie, assise au premier rang, tête baissée, écrivait furieusement dans un calepin. Elle était magnifique avec son béret rouge et sa jupe écossaise bleu, rouge et jaune.

J'ai inspiré un grand coup et je me suis approché d'elle, prêt à m'en prendre plein la tête. Elle portait autour du cou un badge d'accès marqué « GAZETTE

DE BLENHEIM, ENVOYÉE SPÉCIALE ». Je voyais bien qu'il était fait maison. « Winnie, je voudrais m'excuser… »

Elle s'est levée et m'a sauté au cou. « Je suis trop heureuse que tu aies gagné ! Heureuse pour toi, bien sûr, mais aussi pour moi. Mon article n'en sera que meilleur ! »

Oh, Winnie. Ma Winnie.

Nazneen et Gouresh nous ont envoyés récupérer nos affaires dans la loge. Je me sentais bien plus léger, grâce à la victoire, mais aussi parce que je m'étais rabiboché avec mes amis.

Une fois rentré à l'hôtel, j'ai consulté mon téléphone. J'avais plein de SMS, dont un de Daniel. BRAVO, MON GRAND ! C'ÉTAIT TROP COOL DE TE VOIR À LA TÉLÉ ! DIS À TA MÈRE QUE TU TIENS DE TON PÈRE CÔTÉ CERVELLE, HA HA HA ! TROP FIER DE TOI !

Pendant le dîner, Freddie n'a pas dit grand-chose, mais Azar et Helen étaient d'une humeur radieuse.

« J'en reviens pas d'avoir gagné mille dollars ! a dit Azar.

— Et vous avez vu les cadeaux ? a ajouté Helen. On a droit à un an de farine à pancakes, de pop-corn au micro-ondes, de sauce bolognaise, de sirop d'érable et de lessive ! Plus un bon cadeau chez Dairy Queen, plein d'autres bons d'achat, un nécessaire à manucure-pédicure, des jeux de société et un truc qui s'appelle de la Turtle Wax. »

J'étais si heureux. Si calme. J'ai mangé pour un régiment.

De retour dans la chambre, Astrid a allumé la télé pour regarder le journal du soir. Il y avait un petit passage sur l'émission. Ça m'a fait très bizarre de me voir à l'écran. « J'ai vraiment cette voix-là ? me suis-je étonné.

— Eh oui », m'a-t-elle répondu. Puis elle m'a fait un câlin pour la vingt milliardième fois et m'a redit combien elle était fière, pour la vingt milliardième fois aussi.

À 22 heures, nous avons éteint, mais je n'ai pas pu m'endormir. Je venais de décrocher mille dollars de participation et deux mille cinq cents pour avoir gagné. En moins de deux heures, nous nous étions enrichis de trois mille cinq cents dollars.

Trois mille cinq cents dollars, cela pourrait beaucoup nous aider. Mais *vingt-cinq mille !* Là, il y avait de quoi nous changer la vie. Et après ce soir, j'avais une chance sur quatre. Avant, j'essayais de ne pas trop y penser. Mais maintenant… maintenant, je n'avais jamais rien désiré si fort de ma vie.

Le restant de la semaine s'est traîné à une allure d'escargot. J'ai assisté à tous les enregistrements. J'observais les concurrents avec attention. Je tâchais de deviner leurs points forts et leurs points faibles. J'ai demandé à Astrid de m'interroger pendant notre temps libre. Comme Nazneen nous incitait à inviter le plus de monde possible pour la finale, j'ai appelé tous les gens que je connaissais. J'ai essayé de profiter des repas gratuits, mais j'avais de plus en plus de mal à manger, et même à sentir le goût des aliments. Le mercredi, Astrid a eu un entretien en privé avec Vijay. J'étais en train de regarder les émissions de l'après-midi à la télé quand elle est revenue. « J'ai pu faire renouveler mes ordonnances, m'a-t-elle dit en brandissant un petit sac en papier de la pharmacie.

— Tant mieux. Tu lui as dit qu'on n'a plus besoin d'aller dans un foyer ou dans un hôtel pas chouette ? Tu lui as dit que j'ai déjà gagné assez pour payer deux mois de loyer ?

— Ce n'est pas si simple, Félix. Un propriétaire voudra quand même une preuve que je suis fiable. » Elle a souri, un peu trop largement. « Mais ne t'en fais pas. J'ai un logement de prévu pour nous. »

J'ai coupé le son de la télé. « Où ça ?

— Une chambre dans un motel. »

À force de réviser, je savais que « *motel* » est un mot formé à partir de « *motor* » et « *hotel* », ce qui signifie qu'on peut garer sa voiture juste devant la porte de sa chambre.

« Il s'appelle comment ?

— Le Motel des Cèdres.

— Ça n'a pas l'air mal. S'il y a *cèdres* dans le nom, ça veut peut-être dire qu'il est proche d'une forêt ou d'un parc.

— Peut-être, a-t-elle soufflé en évitant mon regard. Je vais me faire couler un bain. »

Mon POPO me soufflait qu'elle en savait plus qu'elle ne le montrait. Dès qu'elle a disparu dans la salle de bains, j'ai tapé le nom dans son ordi portable préhistorique.

Le Motel des Cèdres n'était pas proche de la nature. Il n'était même pas proche de Vancouver. Il se trouvait au bord d'une grande route à six voies. Il avait l'air très vétuste. À l'extérieur, le panneau indiquait : « M TEL D S CÈDR S. C BLE GRAT IT ». Je l'ai cherché sur

Google Maps : il y avait une heure et demie de trajet en bus entre le motel et mon collège.

Le lendemain matin, j'ai rempli un bol de porridge au buffet du petit déjeuner. J'ai ajouté trois doses de beurre. Je l'ai remonté dans ma chambre et l'ai posé devant Mel.

Ma tête me disait que c'était bête, mais mon cœur me disait qu'au point où on en était tout ce qui pouvait m'aider à gagner valait le coup.

Le jeudi soir, on m'a fait monter sur scène avec les trois autres gagnants : Dragan Lukic, Flora Ocampo et Talia Shoemaker. Ils étaient tous très forts. Talia avait un talent particulier pour tout ce qui était histoire, et Dragan était un génie des sciences et techniques. Le paquet de nerfs que j'avais dans le ventre a enflé au point que j'ai eu peur qu'il n'explose.

Cette nuit-là, j'ai à peine fermé l'œil. J'avais une chance, en vingt-deux minutes de télé en direct, de tout arranger pour ma mère et moi. Nous n'aurions plus à nous demander où nous allions dormir. Nous n'aurions plus à habiter dans un motel sordide, ni à attendre pendant un an un logement social qui, allez savoir, serait peut-être encore pire. Nous n'aurions plus à vivre loin de mon collège. Nous aurions de quoi manger le temps qu'Astrid se trouve un boulot correct.

Le vendredi matin, je me suis forcé à manger un peu. Mais au déjeuner, je n'ai rien pu avaler.

Daniel m'a envoyé un SMS à 16 heures, alors que nous étions dans la loge : MERDE POUR CE SOIR, FÉLIX !

J'AI UNE BANDE DE COPAINS QUI VIENNENT REGARDER LA FINALE CHEZ MOI !

Le temps a ralenti. Je jure qu'à un moment j'ai vu les aiguilles de la pendule murale reculer. Je me sentais faible, épuisé.

Enfin, Gouresh est arrivé. « C'est l'heure, a-t-il dit. Et n'oubliez pas : vous êtes déjà tous gagnants. »

Ça, c'est un mensonge pour la paix des ménages, ai-je pensé.

Même si ma cervelle est un vrai piège à loups pour les faits et les anecdotes, je ne me rappelle pas grand-chose du jeu en soi. C'est trop bizarre ; j'y étais, pourtant. Je faisais *partie* de l'émission. Mais c'était comme si je regardais la scène d'en haut, comme si j'étais temporairement devenu un ange.

Je me revois en coulisses, en train d'épier le public derrière le rideau. Tous les sièges étaient pris. M. Thibault était à nouveau là, accompagné de la plupart de mes camarades de classe. Winnie et Dylan étaient venus avec leurs parents. Et plein d'autres gens que j'avais invités étaient présents : M. et Mme Ahmadi et Vijay, par exemple. J'ai mis un moment à reconnaître la brigadière Lee sans son uniforme : elle était en robe, avec des bas nylon et tout, assise à côté d'une dame qui, je l'ai appris plus tard, était sa femme, Matsuko.

Je me rappelle avoir été appelé sur scène.

Je me rappelle que Talia et moi avons tous les deux pris une longueur d'avance au début, et que Dragan a commencé à nous remonter pendant le second tour.

Je me souviens des deux dernières questions :

Qui est né dans le village de Mvezo, en Afrique du Sud, le 18 juillet 1918 ? (Nelson Mandela.)

À quand remonte l'unification de l'Italie ? (À 1861.)

Le reste est à peu près entièrement flou. Sauf le moment où j'ai gagné.

Un déluge de confettis est tombé du plafond, sur la scène et sur le public. Je suis resté sonné, cloué sur place. Les autres concurrents sont venus me serrer la main. Horatio Blass aussi. « Wou-hou ! » a-t-il lancé. Il m'a enlacé les épaules et m'a guidé jusqu'au centre de la scène.

« Alors, qu'est-ce que ça fait d'être le premier champion de *Qui, Que, Quoi, Quand ? – édition Junior*, Félix ? »

Je haletais. J'étais incapable de former des mots.

« Prends ton temps.

— C'est merveilleux. Vous n'avez pas idée. »

Il a eu un petit rire. « Allez, raconte !

— Ça veut dire qu'on va s'en tirer.

— Qui ça, "on" ?

— Ma mère et moi. Ça change tout pour nous. »

Il a souri. « Mais comment ça ? »

C'est sorti tout seul. « C'est difficile, depuis un petit moment. On vit dans un camping-car. Et l'ex de ma mère nous a accusés de vol, mais c'est un menteur, et on croyait qu'on allait devoir vivre dans un motel auquel il manque des voyelles (j'ai soudain pensé à respirer), mais maintenant j'ai de quoi nous trouver un logement et tout va s'arranger. C'est le plus beau des happy ends ! »

J'ai remarqué qu'Horatio Blass me pressait l'épaule, fort. Comme pour me dire *ça suffit*.

« Hé hé, mais, mon grand, tu comprends bien que tu ne toucheras la prime qu'à ta majorité, hein ? Elle reste bloquée sur un compte jusqu'à tes dix-huit ans. »

J'ai battu des paupières, ébloui par les projecteurs. Il m'a fallu quelques instants pour absorber ce qu'il venait de dire. Il s'est remis à rire. « J'en connais un qui n'a pas bien lu les petits caractères de son contrat ! » J'ai repensé à ce contrat. Ce contrat que j'avais signé et renvoyé pratiquement sans y jeter un coup d'œil. Je n'ai rien trouvé à répondre.

« Mais dis-moi, quel âge as-tu ? Plus que, quoi ? Cinq ans, et l'argent sera à toi. Et il aura fait des petits ! »

Cinq ans.

Cinq *ans*. C'est là que j'ai fondu en larmes. En public. En direct à la télévision nationale.

J'ai entendu quelqu'un crier « Coupez ! ». Les lumières se sont rallumées. Le sourire télévisuel d'Horatio s'est envolé. J'ai cru l'entendre grommeler « J'ai passé l'âge pour ces conneries » en sortant de la scène, mais je n'en suis pas sûr.

J'ai vu ma mère dans le public. Elle était blême. M. Thibault, mes camarades de classe, les Ahmadi, les Brinkerhoff, les Wu, Vijay, la brigadière Lee et sa femme : tous me fixaient avec un mélange de stupéfaction et de pitié.

En quelques secondes, le plus beau jour de ma vie s'était transformé en pire jour de ma vie. Comme si j'avais franchi un portail vers une autre dimension, où tout semblait pareil mais ne l'était pas.

Je suis parti en courant.

J'ai filé dans les coulisses, enfilé le long couloir, dépassé la loge, dévalé deux volées de marches et poussé une porte marquée « Sortie de secours – Urgences uniquement ». Bah, c'était bien une urgence.

Je suis rentré à pied à l'hôtel. Il faisait déjà nuit noire à 18 heures. Des fragments de pensées me traversaient la tête. Majorité. Cinq ans.

Plus qu'une nuit à l'Holiday Inn. Une. Ensuite… M tel d s cèdr s. M tel d s cèdr s.

M tel d s cèdr s.

Je suis entré dans la chambre avec ma clé. Mon regard est tombé sur Mel. Je l'ai arraché de sa place à côté de la télé. J'ai ouvert la porte-fenêtre et je suis sorti sur le balcon. Par-dessus la rambarde, j'ai contemplé la rue animée, trois étages plus bas. C'était haut. J'ai reculé dans la chambre pour prendre mon élan. J'ai inspiré à fond.

J'ai couru vers le balcon. J'ai balancé mon bras en arrière… et j'ai jeté Mel de toutes mes forces, avant de le regarder dégringoler jusqu'au sol.

Nous sommes partis pour le Motel des Cèdres le lendemain matin. Vijay est venu nous chercher. J'ai obligé ma mère à descendre avec moi par l'escalier et à sortir par le parking. Je ne supportais pas l'idée de croiser des gens que je connaissais. Je ne pourrais pas supporter leurs questions, ou leurs inévitables regards pleins de pitié. Vijay nous a dit plus tard que deux ou trois équipes de télé nous attendaient dans le hall. Elles espéraient peut-être me voir fondre en larmes une fois de plus.

Nous avons roulé. Et roulé encore. J'ai tâché de garder l'esprit ouvert quand nous nous sommes garés sur le parking et que nous nous sommes approchés avec nos sacs du panneau R CEPT ON. Au Holiday Inn, les clients étaient accueillis par un sourire. Là, le type assis derrière le Plexiglas nous a lorgnés avec suspicion. Il n'a parlé qu'à Vijay. De grands écriteaux au mur prévenaient que « LA CONSOMMATION DE DROGUES QUELLES QU'ELLES SOIENT N'EST PAS TOLÉRÉE » et que « LES COMPORTEMENTS VIOLENTS ENTRAÎNENT UNE EXPULSION IMMÉDIATE » et qu'« IL EST INTERDIT DE TRAÎNER DANS LES COULOIRS ».

Un certain nombre de résidents étaient assis dehors ou discutaient dans le parking lorsque nous avons rejoint notre chambre. Quelques-uns nous ont suivis du regard, surtout ma mère. Je n'avais pas peur d'eux – du moins, pas trop –, mais on voyait que la vie n'avait pas été tendre avec eux. Ils semblaient en bout de course.

Je ne voulais pas que le Motel des Cèdres soit le bout de notre course, à nous.

Vijay a ouvert. La chambre sentait la cuisine des précédents occupants, et la moquette était pleine de trous de cigarette. Un de ces trous traversait même un écriteau posé sur la télé, qui disait « ÉTABLISSEMENT NON FUMEUR ». Il y avait deux lits, un téléviseur, un mini-frigo et une plaque électrique.

Astrid a voulu me remonter le moral. « Au moins, ici, on a deux vrais lits. Et le chauffage, et des toilettes, et une douche. »

Je n'ai pas pu répondre. Oui, il y avait tout cela. Mais il y avait aussi un puissant fumet de tristesse. J'avais l'impression de sentir à plein nez la peine des occupants précédents.

« Je reviendrai prendre de vos nouvelles lundi », nous a promis Vijay en sortant. Je n'ai même pas trouvé l'énergie de lui dire au revoir.

J'ai passé le week-end dans la chambre, devant la télé. Daniel m'a appelé je ne sais combien de fois, mais je n'ai pas décroché. Pas répondu non plus aux SMS insistants de Winnie et de Dylan. Astrid aussi était morose, mais, voyant que je baignais dans mon propre Marasme, elle s'est mise en quatre pour me redonner le sourire. Elle est sortie faire les courses avec la caisse d'urgence que Vijay lui avait donnée. Elle m'a fait la lecture, mais je n'ai pas écouté grand-chose.

Elle a passé un long moment au téléphone avec Daniel, en faisant les cent pas devant la chambre. Je n'ai entendu que les intonations de sa voix.

Le dimanche soir, on a frappé à la porte. J'ai attrapé la grosse bible qui se trouvait dans le tiroir de ma table de chevet. Le verrou était fragile, et la porte était en contreplaqué. J'avais vu comment certains voisins regardaient Astrid à notre arrivée, et je ne voulais prendre aucun risque.

Mais ce n'était pas un voisin de motel. C'était Vijay. Et il n'était pas seul.

Qui ? Notre Félix Knutsson à nous.

Que raconter ? Les retombées du Qui, Que, Quoi, Quand ? – édition Junior.

Quoi ? Énormément de choses.

Quand ? Il y a une semaine.

Par notre envoyée spéciale Winnie Wu

Vous avez probablement fini par remarquer un certain style dans les reportages de votre envoyée spéciale au cours de ce premier semestre. Des mots comme *« brûlot »* et *« journalisme d'investigation »* vous viennent peut-être à l'esprit. Je me suis attaquée à l'amiante et au mal-logement, mais quand j'ai parlé des SDF, j'étais loin de me douter que nous en avions un parmi nous.

Aujourd'hui, je suis donc heureuse de rédiger ce que certains appelleraient avec dédain une histoire à l'eau de rose. Je l'écris avec l'autorisation de notre champion de jeu télévisé, Félix Knutsson. (Pour la transparence de l'information, je me dois de signaler que votre envoyée spéciale est une amie proche – voire plus ou moins la petite amie – du sujet. Mais elle ne l'a pas laissé exercer la moindre influence sur cet article, car ce serait contraire à sa déontologie journalistique.)

Tout d'abord, résumons les épisodes précédents. Nous savons ce qui s'est passé après la finale. Pratiquement tout le Canada a appris en direct que Félix et sa mère étaient sans abri. (Il n'aime pas que j'emploie cette expression. Il préfère « entre deux logements », mais votre envoyée spéciale se doit d'appeler un chat un chat.) Et nous avons aussi découvert qu'il ne toucherait l'argent de la victoire qu'à sa majorité, ce qui, quand on y pense, est tout à fait sensé, et très franchement votre dévouée reportrice considère fermement que Félix aurait dû lire consciencieusement le contrat ; il ne peut s'en prendre qu'à lui-même pour cette négligence.

Cependant, cette nouvelle m'a brisé le cœur pour lui, comme à Dylan Brinkerhoff, qui m'a autorisée à citer son nom dans cette publication.

Or, il s'avère que beaucoup d'autres spectateurs présents dans le public ce soir-là ont été émus par cette situation. Et devinez quoi ? Dylan et moi-même avons fait en sorte que ces gens se réunissent après l'émission. Et ils se sont parlé, et ont décidé de se revoir le lendemain. Mais voici le détail ridicule : alors que c'était nous qui avions rassemblé tous ces gens, nous n'avons pas eu le droit d'assister à la réunion car celle-ci était « réservée aux adultes ». Lorsque votre intrépide reportrice a réclamé l'accès au nom de la liberté de la presse, ses propres parents ont grossièrement refusé. Comme s'ils s'imaginaient qu'elle n'avait pas la maturité nécessaire pour prendre en main cette histoire, ce qui, comme le savent tous ceux qui me connaissent, est complètement absurde.

Mais voici ce qui est ressorti de cette réunion :

Félix et sa mère se sont vu proposer un appartement. Il se trouve au-dessus d'une boutique de l'avenue Broadway appelée épicerie Ahmadi. Si vos parents et vous-mêmes n'y faites pas déjà vos courses, eh bien, qu'attendez-vous ? Ils ont de très bons fruits et légumes, et ce sont des gens formidables. Ils sont propriétaires de la boutique et du petit logement à l'étage. Leur fils y habitait, mais il a trouvé un emploi hors de la ville et doit partir en janvier. Félix et sa mère emménageront à ce moment-là, et, si personne n'a voulu me donner une somme précise en dollars, on me dit que le loyer est raisonnable.

J'écrirais volontiers un article bien plus long, mais le rédacteur en chef ne m'a accordé qu'une place limitée, bien que je lui aie dit et répété que, d'un point de vue journalistique, cette histoire est *de l'or en barre*. Je suppose que c'est une bonne leçon de vie, qui nous rappelle que l'on peut toujours tomber sur un patron obtus manquant d'imagination.

Heureusement, je doute que les patrons du *Monde*, du *Guardian* ou du *Washington Post* soient affligés de ces limitations, or ce sont justement mes trois premiers choix pour travailler après mes études.

Et à présent, n'ayant plus droit qu'à vingt mots avant la limite maximale, je vous souhaite de très bonnes fêtes de fin d'année.

(Pour l'édition en français de cet article, reportez-vous à la page 6. Votre dévouée journaliste a une fois de plus convaincu le rédac chef qu'un sujet de cette envergure et de cette importance méritait une publication bilingue – évidemment.)

« Des millions de gens dans le monde entier n'ont jamais vu Dieu, mais ils y croient quand même, est en train de dire Dylan. Et ça ne me pose aucun problème. » Son appareil dentaire est plein de miettes noires à cause de la glace aux éclats d'Oreo qu'il est en train d'engloutir.

« Encore heureux, vu que Dieu existe », réplique Winnie. Elle mange un banana split, parce que selon elle la banane rend l'ensemble plus ou moins diététique. Pour ma part, j'ai choisi le parfait au beurre de cacahuètes.

Dylan, exaspéré, pose sa cuiller. « Alors pourquoi as-tu tant de mal à croire au paranormal ? Alors que des tas de gens ont réellement *vu* des fantômes ? Alors qu'il y a des tonnes de *preuves* véritables ? »

Winnie tamponne ses parfaites lèvres rouges avec une serviette en papier. « Les seuls qui ont vu des fantômes sont des cinglés ou des tordus qui cherchent à faire parler d'eux. Tu dis toi-même que tu n'as jamais vu Bernard.

— Félix, mon pote, mon poteau, aide-moi, là », m'implore Dylan.

Nous sommes assis sur nos banquettes préférées au Dairy Queen. Alvin et les Chipmunks braillent des chants de Noël en bruit de fond. Depuis deux semaines, nous nous arrêtons là pour le goûter tous les soirs après les cours, usant lentement ma carte cadeau. *Qui, Que, Quoi, Quand ?* ne veut pas lâcher l'argent avant mes dix-huit ans, mais j'ai reçu mes autres prix, dont la plupart sont rangés dans la cave des Brinkerhoff : des boîtes de pop-corn au micro-ondes, de la sauce bolognaise, du sirop d'érable, de la lessive et de la farine à pancakes.

J'ai offert aux parents de Dylan la moitié de la lessive en poudre et de la sauce bolognaise, un petit geste pour les remercier de m'héberger jusqu'en janvier. L'autre moitié est allée à Soleil et à sa famille, parce qu'ils logent ma mère dans leur sous-sol pendant ce temps. Quand j'ai appris que Mme Ahmadi adorait le sirop d'érable, je lui ai donné toutes mes bouteilles sauf une. Certains des prix font de parfaits cadeaux de Noël. J'ai mis de côté le nécessaire de manucure-pédicure pour Astrid. J'ai emballé trois grandes boîtes de pop-corn au micro-ondes, que j'ai apportées à la brigadière Lee, au commissariat. J'ai commandé un énorme gâteau glacé pour ma classe grâce à ma carte Dairy Queen. Et la dernière fois que j'ai vu Vijay, il m'a parlé de sa vieille Mustang décapotable, qu'il retape le week-end. Il a reçu la Turtle Wax. C'est du polish pour les carrosseries.

J'ai même envoyé un cadeau de Noël à Daniel : un bon de cent dollars chez WestJet, à investir dans un vol pour Vancouver. Lui aussi m'a envoyé quelque chose : un chèque de cinquante dollars, et je sais que c'était un gros effort pour lui. Il n'a pas décroché l'emploi pour lequel il avait passé un entretien ici. Il aimerait nous aider davantage, financièrement. Mais nous nous appelons plus souvent, et en plus il parle à Astrid. C'est déjà énorme.

Dylan et Winnie aussi ont reçu des cadeaux. Nous les avons échangés hier, chez Dylan. Il a eu les jeux de société que j'ai gagnés, et Winnie un bon d'achat d'une valeur de cent dollars à la papeterie Staples, pour qu'elle puisse acheter du papier pour imprimante et les fournitures qu'il lui faut pour écrire.

Ils ont dû sortir de la pièce tous les deux pour aller chercher mon cadeau. « Ferme les yeux », m'a ordonné Winnie avant qu'ils reviennent.

J'ai obéi.

« C'est bon, a fait Dylan. Tu peux les rouvrir. »

Devant moi, il y avait une cage, et à l'intérieur la plus adorable petite gerbille que j'avais jamais vue. Couleur caramel, avec des taches blanches.

Mes yeux se sont légèrement embués. « Tu peux l'appeler Horatio Blass II, m'a dit Winnie.

— Surtout pas.

— C'est ta gerbille, mon pote, a dit Dylan. Appelle-la comme tu veux. »

J'ai réfléchi un petit moment. « Je vais t'appeler Dillie », ai-je dit à la gerbille. Un nom composé à partir des prénoms de mes deux meilleurs amis au monde.

Quand Vijay s'était pointé au Motel des Cèdres presque deux semaines plus tôt, il était accompagné de Soleil, des Ahmadi et de M. et Mme Brinkerhoff. Les Ahmadi nous ont parlé de l'appartement. Au début, j'ai redouté que l'orgueil bizarroïde de ma mère ne vienne s'interposer et qu'elle ne décline l'offre. Mais elle s'en est bien gardée.

Les Brinkerhoff nous ont dit que j'étais le bienvenu dans la chambre de Dylan jusqu'en janvier, et Soleil a proposé son sous-sol à Astrid. Nous avons emballé nos affaires et nous sommes allés voir l'appartement. Dans le minuscule salon, j'ai eu du mal à déchiffrer l'expression de ma mère. Elle s'est tournée vers Mme Ahmadi. « Pourquoi faites-vous cela ? Qu'avez-vous à y gagner ? »

Mon cœur s'est ratatiné. Je crois qu'elle était sincèrement perplexe, mais cela lui donnait l'air un peu hostile.

« Un loyer et un chèque tous les mois, pardi », a dit Mme Ahmadi. Elle ne souriait pas. Tout à coup, Astrid a empoigné sa main et l'a serrée, fort. Toujours sans sourire, Mme Ahmadi a posé son autre main sur la sienne. Et elle a serré aussi.

L'appartement est tout petit. Il sent les légumes en train de pourrir. Mais il n'y a aucun écriteau pour nous dire ce que nous pouvons et ne pouvons pas faire. Personne ne nous lorgne avec suspicion. Il n'y a pas de trous de cigarette, et pas de bruits effrayants traversant les murs. C'est propre. Il y a des toilettes et une douche, et du chauffage, et même une chambre miniature, dont Astrid a dit qu'elle serait la mienne ; elle dormira sur le clic-clac.

Bob le Prêcheur dort sous les porches. M. et Mme Ahmadi ont passé deux ans dans un camp de réfugiés. *Deux ans.*

Je me répète que j'ai de la chance.

Depuis la finale de *Qui, Que, Quoi, Quand ?*, Astrid et moi recevons beaucoup de courrier venu de tout le pays et même d'au-delà. Nous avons reçu une lettre qui avait fait tout le chemin depuis Cockermouth, en Angleterre. Ce nom nous a fait rigoler longtemps, Dylan et moi.

Nous avons aussi reçu quelques lettres et tweets haineux. Des gens disant qu'Astrid n'aurait pas dû faire un enfant si elle est incapable de l'élever, ou que c'est une assistée de plus. Mais la plupart des gens sont gentils. Dans leurs lettres, ils nous parlent de leurs propres difficultés et nous souhaitent bonne chance. Certains ont même envoyé des chèques de vingt, cinquante ou cent dollars. J'ai dit à Astrid que cela me gênait de garder l'argent. Mais en faisant le calcul, nous nous sommes rendu compte que nous pourrions payer aux Ahmadi trois mois de loyer d'avance si nous encaissions les chèques. Donc, c'est ce que nous avons fait. Nous écrivons des cartes de remerciements à chacun sans exception. Et nous nous sommes même offert chacun une nouvelle tenue et un nouveau manteau d'hiver, car nous devons bien présenter dans nos nouveaux boulots.

En effet, quelques jours après la finale, Astrid a reçu un coup de fil, comme ça, tout à coup, d'un administrateur qu'elle avait connu à l'université Emily-Carr. Il lui a dit qu'ils embauchaient, et lui a demandé si cela l'intéresserait de revenir donner des cours de peinture à des étudiants en première année. J'ignore complètement s'il avait vu l'émission et connaissait notre situation ; en tout cas, il n'en a jamais parlé. Astrid a accepté. Elle commence après les fêtes. Cela ne paie pas beaucoup, et c'est seulement à temps partiel, mais elle pourra peindre dans les ateliers là-bas, ce qui est un très gros bonus.

Mon nouveau travail à moi a déjà commencé. C'est aussi un temps partiel. Je travaille pour M. et Mme Ahmadi deux jours par semaine après les cours et un jour le week-end. Je n'accepte d'être payé que pour les jours travaillés pendant la semaine ; celui du week-end passe dans le loyer. Il y a quelques jours, j'ai reçu mon premier salaire. J'en ai mis une moitié à la banque et j'ai gardé l'autre en liquide. Je suis allé jusqu'au coin de rue de Bob le Prêcheur et je lui ai acheté deux poèmes. Puis je suis allé à l'hypermarché discount afin de commencer à rembourser ce que ma mère avait volé chez eux. Mais quand j'ai tenté de m'expliquer, la caissière m'a regardé comme si j'étais timbré et m'a envoyé paître.

J'étais en train d'errer dans le magasin, en me demandant ce que j'allais faire, quand j'ai avisé une dame d'un certain âge, mal habillée, qui passait en revue les boîtes de conserve cabossées qui étaient vendues moins cher. Dans son chariot, elle n'avait qu'une boîte de graines pour les oiseaux et une de haricots. Je suis allé la voir et je lui ai tendu un billet de dix dollars. « Excusez-moi. Vous avez perdu ça.

— Mon Dieu, je ne crois pas, non.

— Si, si. Je l'ai vu tomber de votre sac à l'instant. »

Elle m'a fixé de ses yeux laiteux, puis a refermé les doigts sur le billet. « Merci bien, jeune homme. Merci beaucoup. »

Je vais continuer à faire ce genre de choses jusqu'à ce que j'aie réglé ce que nous devons, d'une manière ou d'une autre.

Astrid et moi, nous nous voyons environ deux fois par semaine. Soleil et elle essaient de réparer leur amitié. Je ne crois pas que ça se passe très bien. Astrid se plaint chaque fois que je parle avec elle. « Elle me juge en silence. »

Je lui dis que c'est l'hôpital qui se moque de la charité, et qu'elle devrait mettre son orgueil dans sa poche. Parfois, je ressens des vagues de colère contre elle, et ensuite j'ai des remords. Mais je vois Vijay une fois par semaine, et il m'encourage à parler de mes émotions. Ça aide.

Pour être honnête, ce n'est pas si mal que je sois un peu séparé de ma mère. Mais je ne le dis qu'à Vijay. Quand elle me demande si elle me manque, je réponds toujours oui.

Un « pour la paix des ménages ».

Dylan et Winnie sont encore en train de se disputer vigoureusement dans le Dairy Queen. « Et tout ce que Bernard a fait, alors, tu expliques ça comment ? Félix en a vu une partie.

— Allô, la Terre parle à Dylan ! Franchement, tu ne t'es jamais dit que "Bernard" était en fait…

— Quelqu'un veut goûter à mon parfait au beurre de cacahuètes ? » dis-je pour la couper. Je lui prends la main à travers la table et je l'avertis du regard. Heureusement, elle comprend.

« Tout ce que je dis, continue Dylan, c'est qu'il n'y a pas de différence entre toi qui crois en Dieu, moi qui crois en Bernard ou Félix qui croit en son tim-tom.

— Mon *tomte*. »

Dans la poche de mon manteau, je pose la main sur Mel. Après l'avoir jeté du balcon, j'ai immédiatement regretté mon geste ; ma *mormor* l'avait fait rien que pour moi. J'ai donc dévalé les trois étages, je l'ai ramassé sur le trottoir et je l'ai remonté dans la chambre.

Je reprends une bouchée de parfait. Un rayon de soleil vient frapper notre table. Là, en cet instant précis, je suis empli de bonheur, entouré de mes meilleurs amis, occupé à manger une glace à les écouter se chamailler.

Je comprends pourquoi Winnie croit en Dieu. Je pige pourquoi Dylan croit en Bernard. Je vois bien pourquoi je voulais croire en Mel. Cela peut donner du réconfort, de sentir qu'un être mystérieux veille sur nous.

Mais désormais, j'apprends à croire en quelque chose de nouveau. Quelque chose en quoi ma mère a cessé de croire il y a longtemps.

Les autres.

Astrid n'a pas eu beaucoup de chance avec eux en grandissant. Mais je ne suis pas ma mère. Et moi, je choisis de croire.

Remerciements

J'ai des tonnes de gens à remercier de m'avoir aidée à donner vie à cette histoire. Bon nombre d'entre eux m'ont rendu service je ne sais combien de fois, et ils ont eu le mérite de continuer à décrocher leur téléphone en voyant mon nom s'afficher sur l'écran. Randy Fincham, porte-parole de la police de Vancouver, qui m'a donné des réponses aussi rapides qu'instructives. Catherine MacMillan, qui fut la conseillère d'orientation de mon fils pendant tout le lycée, et qui continue de guider les autres avec compréhension, esprit et intelligence. Mon mari, Göran Fernlund, qui lit mes manuscrits, parfois à de nombreuses reprises, sans se plaindre (peut-être comprend-il que c'est le secret de la paix dans le couple). Idem pour Susan Juby – c'est une de mes autrices préférées, et je n'en reviens pas de recevoir non seulement ses excellentes remarques, mais aussi son amitié.

Merci à Alex Scheiber, directeur adjoint de la direction de l'Enfance au ministère de l'Enfance et du Développement familial de Colombie-Britannique, pour avoir pris le temps de répondre à mes questions. Et à la conseillère-assistante sociale Amanda Oliver : tes conseils furent très précieux. Pendant que moi je reste assise devant mon ordinateur à inventer des histoires, les gens comme toi sont sur le terrain en train d'essayer de rendre le monde meilleur pour ceux que l'existence a rendus vulnérables.

J'ai pris un grand plaisir à interviewer des gens qui ont créé ou participé à des jeux télévisés. John Brunton, P-DG d'Insight Productions, en a produit beaucoup, et m'a énormément renseignée. J'ai appris avec amusement que mon talentueux ami et auteur personnalité de la radio Kevin Sylvester avait un jour participé à *Canada's Smartest Person* (« La personne la plus intelligente du Canada »). Les histoires qu'il m'a racontées, en plus d'être hilarantes, m'ont beaucoup aidée. Et merci aussi à un autre auteur personnalité de la radio, J. J. Lee, de m'avoir mise en contact avec Julie Backer, qui fut une vraie candidate en chair et en os à *Jeopardy!*, mon jeu télévisé préféré. Julie et moi avons eu une conversation formidable autour d'un bon dîner, et j'ai adoré ses récits vécus ! J'ai aussi lu avec un grand plaisir l'ouvrage *Prisoner of Trebekistan. A Decade of Jeopardy!* de Bob Harris.

J'ai bénéficié d'un grand nombre de « pré-lecteurs » pour ce manuscrit, chacun m'offrant un avis unique et précieux. Leonicka Valcius, Rania Barazi, Liz Johnson-Lee et Ellen Wu (aucun lien de famille avec Winnie – du moins pas à notre connaissance). Je vous dois énormément. Vous m'avez aidée à encore mieux connaître certains de mes personnages. Katie Wagner, elle, en savait étonnamment long sur la vie à bord d'un camping-car… C'est elle qui m'a fourni l'info selon laquelle il faut « se débrancher » avant de filer du garage. Et un merci particulier à mes jeunes lecteurs : Martin Cassini, Isabella Harrison, Noah Poursatip et Forrest Rozitis. Vos commentaires ont été profondément appréciés, et je suis contente que vous ayez perçu l'humanité d'Astrid ; comme l'a dit l'un de vous, c'est une « maman abandonnée ».

Merci aussi à ma merveilleuse agente, Hilary McMahon – on en est déjà au sixième roman, vraiment ??? Merci de m'avoir guidée avec talent dans ma jeune carrière. Depuis dix ans, travailler avec toi est un bonheur.

Je me sens aussi extrêmement chanceuse d'avoir trois éditeurs exceptionnels, qui m'ont donné des avis profonds et réfléchis à chaque stade de ce manuscrit. Tara Walker, mon éditrice en chef… ah, quiconque a déjà travaillé avec Tara sait que, même pour un écrivain, il est difficile d'exprimer ce que ses notes et ses conversations « avant-après » apportent à la qualité d'un roman. Elle me pousse toujours, avec une gentillesse extrême, à creuser encore plus loin, et à explorer des recoins auxquels je n'aurais pas pensé toute seule, sans jamais toutefois s'éloigner de ma vision des choses (cela dit, ma vision se trouble parfois, et elle est là pour m'aider à refaire le point). Ajoutez à cela Wendy Lamb aux États-Unis et Charlie Sheppard au Royaume-Uni… et c'est comme avoir la cerise *et* un supplément chantilly sur le gâteau. Ces individus hors du commun savent chaque fois tirer le meilleur de moi, et je leur en suis reconnaissante à vie.

Dana Carey, Peter Phillips, Chloe Sackur, Colleen Fellingham : merci pour votre regard bienveillant et votre TVA (taux de valeur ajoutée). Il y en a tant d'autres que je voudrais remercier chez Tundra, Penguin Random House Canada, Wendy Lamb Books, Penguin Random House UK et Andersen Press – je me pince encore à l'idée de travailler pour ce groupe de gens extraordinaires, animés par une telle passion pour les livres.

Enfin, il m'a fallu un moment pour trouver la fin idéale à cette histoire. Il arrive que les idées vous tombent dessus au moment le plus improbable. Dans ce cas précis, c'est arrivé alors que j'étais à la boutique de vélo West Point Cycles de Vancouver. Mon mari et moi sommes des adeptes du cyclotourisme. J'étais dans le magasin en train de chercher un article et j'errais, perdue dans mes pensées… Soudain, la fin a surgi dans ma cervelle et les larmes me sont montées aux yeux. Le propriétaire du magasin, Tim Woodburn, m'a demandé si j'allais bien. Je lui ai répondu que j'allais mieux que bien, que je venais de trouver la ligne directrice et la fin de mon roman. Il a rétorqué que, puisque c'était arrivé dans sa boutique, je me devais de le mentionner dans les remerciements. Donc, voilà : merci, Tim et Sara Woodburn de West Point Cycles – vous êtes formidables à tout point de vue.

Le Livre de Poche s'engage pour l'environnement en réduisant l'empreinte carbone de ses livres. Celle de cet exemplaire est de :
400 g éq. CO_2
Rendez-vous sur www.livredepoche-durable.fr

PAPIER À BASE DE FIBRES CERTIFIÉES

« Pour l'éditeur, le principe est d'utiliser des papiers composés de fibres naturelles, renouvelables, recyclables et fabriquées à partir de bois issus de forêts qui adoptent un système d'aménagement durable. En outre, l'éditeur attend de ses fournisseurs de papier qu'ils s'inscrivent dans une démarche de certification environnementale reconnue. »

Édité par la Librairie Générale Française – LPJ
(58, rue Jean-Bleuzen, 92170 Vanves)

Composition : Nord Compo
Achevé d'imprimer en Espagne par Liberdúplex
Dépôt légal 1re publication : janvier 2024
71-6240-8 – ISBN : 978-2-01-721341-3
Loi n° 49-956 du 16 juillet 1949 sur les publications destinées à la jeunesse
Dépôt légal : janvier 2024